이금숙 시인의 북만 문학기행집

청마, 길 위에 서다

.

청마, 길 위에 서다

이금숙 문학기행집

초판인쇄 | 2021년 11월 20일
초판발행 | 2021년 11월 30일

지 은 이 | 이금숙
펴 낸 이 | 배재경
펴 낸 곳 | 도서출판 작가마을
등   록 | 제 2002-000012호
주   소 | 부산광역시 중구 대청로 141번길 15-1 대륙빌딩 301호
         T. 051-248-4145, 2598 F. 051-248-0723 E. seepoet@hanmail.net

ISBN 979-11-5606-181-6 3810   정가 10,000원

※ 본 도서는 한국예술복지재단의 디딤돌 창작기금 지원을 받았습니다.
ＡＡＺ 한국예술인복지재단

이금숙 시인의 북만 문학기행집

청마, 길 위에 서다

도서출판
작가마을

다시 가을을 맞는다.

코로나로 움츠렸던 일상에 조금씩 희망의 미소가 보이기 시작한다.

여행길이 묶인 지도 벌써 2년이다.

언제 우리가 자유를 외쳐본 적이 있었던가.

지나간 추억이 행복이었음을 이번 기행집을 준비하며 알게 됐다.

지난 10여년을 되돌아보면 거의 매년

하얼빈으로 연수현으로 연변으로 돌아 다녔다.

처음에는 청마 선생의 세 따님과 함께였지만

지금은 세 분 모두 그리워하시던 아버님 곁으로 떠나시고 없다.

님은 가고 흔적 없는 거리에 가을바람이 스친다.

묘소에도 어느덧 계절이 내려 낙엽을 태우고 청령정 하늘가로

고추잠자리 한 무리 맴을 돈다.

여행길에서 만난 사람들과 긴 시간 같은 곳을 바라보며

달려와 준 문우들과 지인들께 이 지면을 빌어 고마움을 전하고 싶다.

때론 무거운 삶에 가벼운 미소로 사랑을 깨우쳐 주신

지역 어르신들과 많은 여행자 여러분께도 감사의 마음을 전하며

내가 나 일 수 있는 날까지 이 작업은 계속될 것이다.

2021년 가을

저자

이금숙 시인의 북만 문학기행집 _ 청마, 길 위에 서다

차례

7

청마, 길 위에 서다

북만 문학기행집 · 이금숙

01

청마의 흔적을 찾아서

아 ! 송화강, 그리고 아버지, 아버지

청마기념사업회가 제3회 청마문학제 사료전시회 일환으로 준비한 청마 북만주 문학기행은 '생명의 서' 시집에 수록된 청마의 북만 기행시의 체험지를 돌아본다는 의미도 있지만, 지난해 청마 연구상을 수상한 남경대 서여명 교수가 자신이 발표한 '청마유치환 시인의 북만 기행시'가 쓰여진 하얼빈과 연수현 등을 직접 안내해 주겠다고 해서 추진하게 된 행사였다.

일제 강점기에 많은 문인들이 자의든, 타의든 간에 서간도와, 북간도 등 만주지역 체험을 했다고는 하지만 "이 나라 항일독립운동의 가장 고양된 정신사적 체험지를 꼽는다면 그 중의 하나로 청마의 북만주 체험을 들 것이다"라고 표현했던 김윤식 선생은 자신의 논문인 '청마의 북만주 체험'을 미당 서정주나, 육사나, 김달진처럼 "아나키스트나 관념적이지 않고 전면적이고 이질적"이라고 표현하고 있다.

그래서인지 더욱 가보고 싶었던 청마의 북만 기행지인 하얼빈과 연수현.

오월의 봄바람을 안고 찾아간 그 곳은 무척이나 거칠고 삭막한, 아직도 겨울이 동토처럼 웅크리고 있는 인간의 대지였다.

이토록 황량한 광야에 와서 젊은 청마는 무슨 생각을 하고 무엇을 찾아 헤맸을까? 가솔들을 이끌고 왜 이 먼 북쪽 끝 절명의 땅까지 오지 않으면 안 되었을까. 이번 문학기행을 준비하며 나는 참으로 많은 것에서 스스로에게 물음표를 던졌다. 그리고 자식을 잃은 아비의 심정을, 나라를 빼앗긴 절망의 언어들을 통해 나는 청마의 생명에 대한 애착과 별에 대한 희망을, 자신에 대한 회오와 연민을 느낄 수 있었다.

기념사업회가 어렵게 준비한 이번 문학기행은 세 따님(인전, 춘비, 자연)이 동행해 주셨기에 더욱 빛이 난 행사였다. 외손녀 미마, 미원씨도 함께 한 여행에서 청마 유족들은, "생애 꼭 한번 가보고 싶은 그리운 곳이 북만주였다"라고 늘 말씀하셨다. 70년이 지나 자녀들은 아버지가 쓴 '극락사' '광야에 와서' '우크라이나 사원' 등의 작품 무대와 연수현 가신촌 지역들을 문인들과 함께 돌아보면서 아버지가 느꼈을 그 당시의 아픔과 '당신의 인간적 삶의 궤적을 되돌아보는' 계기가 되었다고 회고했다.

특히 세 따님들은 청마의 손녀인 당신 딸들의 손을 잡고 송화강을 바라보며 어린 시절 자신들이 유람을 나섰던 태양도와, 아버지를 따라 걷던 방죽 길, 송화강변, 하얼빈 중앙대가 등을 거닐며 지금은 없어졌어도 주변 건물, 위치, 도로 등을 살펴보고는 "모든 것이 다 까마득한 심

송화강을 가로지르는 유람선

연에서 꿈을 퍼 올리는 것 같이 행복하다"는 말로 여행의 의미를 대신했다.

창씨개명을 거부한 아버지를 따라, 하얼빈과 연수현 가신촌에 정착하여 7년 동안 생활하며 겪은 따님들의 이야기는 출발할 때부터 올 때까지 계속됐다.

드디어 출발, 광야의 땅 북간도로

석 달 여 간의 준비 끝에 떠난 청마 북만주 문학기행은 관광이 아닌 사료 조사와, 청마의 당시 작품을 이해하는데 도움이 되는 현장을 직접 방문한다는 데에 더 의미를 두었다. 흐린 날씨지만 아침 비행기를 타기 위해 나선 전일 출발 여행길은 비와 함께 시작해 비와 함께 끝이 났다.

밤새 차를 달려 인천공항에 도착한 일행들은 짐 정리를 해놓고 7시가 되어서야 발권 수속을 마칠 수 있었다. 인천에서 연길까지 가는 항공편은 아시아나 365편. 9시45분 출발이다. 보통 부산에서는 심양을 경유 연길로 가지만 우리는 비싸긴 해도 하얼빈으로 돌아오는 여정이어서 직항 편을 타기로 했다.

공항은 북새통이다. 여행수지가 적자폭이라고 하지만 이제 해외여행은 가정마다, 직장마다, 모임마다 연 중 행사가 돼 버렸다. 청마기념사업회는 청마의 따님들이 고령인데다 언제고 북만주 일원에 대해서는 직접 사료조사를 해 놓을 필요가 있다는 의견들이 많아 청마문학제 일환으로 북만주 문학기행을 감행하게 됐다.

주 방문 목적은 하얼빈과 연수현에 두고 우리는 항일시인 윤동주의 생가와 묘지를 먼저 찾기 위해 용정으로 향했다. 연길공항에는 이미 연변 조선족 원로시인인 최용관 시인과 김영건 시인, 전 용정시 박호만 시장님이 마중을 나와 계셨다.

용정의 윤동주 시인 생가에서 청마선생의 세 따님과 손녀 미원씨

　서로가 인사를 나누는 자리에서 이미 모두는 한마음이 되어 있었고 특히 이번 기행단의 단장은 거제시와 용정시 자매결연을 직접 주도한 조상도 전 거제시장님이어서 용정시에서 이미 일행을 영접하기 위해 대기하고 있었다. 아마도 전임시장을 위한 예우와 배려차원이 아닌가 싶었다.

　3대의 차량으로 나눠 탄 일행들은 복사꽃이 피기 시작하는 연길 시내를 돌아 용정으로 향했다. 연변지역도 유달리 겨울이 길어 이제야 봄이 오고 있다는 것이다. 예전 같으면 사과배꽃 축제가 한창일 텐데 과수나무엔 꽃망울만 맺혀있지 필 생각조차 없는 낌새다.

　인구 28만의 용정 시내에 있는 신화촌에 들러 함경도식 토속 음식으로 점심을 먹고 윤동주 묘소에 올라갔지만 비 때문에 입구에서 되돌아 내려와야 했다.

　그리고 일행은 박경리 선생의 '토지'에 나오는 북한의 회령시를 보기 위해 삼합으로 향했다. 중국의 해관이 있는 곳, 색깔이 다른 다리와 두만강과, 김정숙 기념관이 훤히 내려다보이는 삼합은 용정에서도 유명한 송이의 고장으로 알려져 있다.

삼합의 전망대에서 우리는 잿빛으로 물들어 있는 회령시와 두만강을 바라보았다. 건너편 북한 산골짜기와 능선엔 연분홍 진달래꽃이 흐드러지게 피어있고, 인근 야산엔 복사꽃이 꽃망울을 머금고 봄비에 젖어 있다.

사람들이 사는 세상은 어찌할 수 없는 이념의 공간이지만 자연은 철대로 꽃을 피우고, 꽃망울을 맺는다. 무거운 마음을 안고 다시 용정시로 향하다 명동촌에 있는 윤동주 시인의 생가에 들렀다. 쓸쓸하게 방문객을 맞고 있는 생가가 긴 겨울의 여정을 대변해 준다. 봄부터 가을까지만 겨우 한국 관광객이 방문하는 생가여서 지금은 그저 방치된 상태나 진배없다. 낡은 사진, 기념관 모습에서 웬지 모르게 죄인이 되어가는 기분이 든다. 일행은 다시 3.13 의사릉으로 발길을 옮겨 참배를 하고 용정시 문화원장으로부터 배경설명을 들었다.그리고 용정 일본 간도 총영사관 건물과 지하 감옥 등을 둘러보며 일본인들의 만행과 전쟁의 황폐함, 항일 독립운동가들의 나라 사랑을 다시 한 번 온 몸으로 느낄 수 있었다.

저녁이 되자 모두들 말이 없다. 침묵이다. 시에서 안배한 저녁을 먹고 일행은 다시 어둠 속, 안개 속을 헤집고 이도백하로 향했다. 긴 하루의 일과를 숙소에 짐을 풀면서 마무리 한다. 지금은 새벽 1시 30분.

다음 날 아침 식사를 하고 백두산으로 출발했다. 오월인데도 밤새 눈이 내려 세상이 온통 순백의 낙원이다. 허리까지 눈이 쌓여 천지는 볼 수 없고 장백폭포도 겨우 다녀올 수 있었다. 하얀 나무껍질이 아름다운 자작나무와 침엽수림엔 흰 눈이 쌓여 5월의 크리스마스를 연상케 한다. 모두들 눈 위를 뒹굴며 아름다운 겨울풍경에 환호성이다.

온천에서 삶은 계란을 먹고, 노천온천을 즐겼다. 손님이 적은 탓에 온천물이 시리도록 맑고 따뜻했다. 플랜카드 때문에 실랑이를 하다 늦은 점심을 든 후 다시 연길로 되돌아왔다.

오는 도중 일행들은 이번 여행의 의미를 어디에 둘 것인지, 무엇에 대해 쓸 것인지, 서로 이야기 했다. 선봉령에도 눈이 쌓여 겨우 넘어올 수 있었다. 항상 백두산 여행 때면 단골로 나오는 손따거의 운전 실력에 일행들은 박수를 쳤다. 세 시간을 달려 용정에 도착한 기행단은 대성 중학교에 들러 윤동주 시인의 삶의 흔적을 둘러본 뒤 거룡 우호 공원으로 향했다. 거제시와 용정시가 자매결연을 맺은 정표로 용정시민들을 위해 조성해 준 용두레 우물공원이다. 모두들 보고서는 놀란다. 거제시의 지원 흔적들이 곳곳에 남아 있기 때문이다. 행정과 행정의 외교도 중요하지만 우리 같은 민간외교도 무시할 수 없는 것이다. 일행은 가져간 학용품을 사랑의 집에 전달하고 연길로 향했다.

연길에는 어제 만났던 시인들이 나와 있었다. 그들은 연변에서도 기회가 된다면 청마문학상을 제정 시상하고 싶다는 의견을 피력했다. 그리고 청마의 시 '수'가 친일시가 아님을 자신들도 잘 알고 있다고 얘기했다.

시인들과 할 말은 많았지만 다음에 만날 것을 기약하고 저녁식사 후 일행은 흑룡강성 성도로 향하는 하얼빈행 기차를 타기 위해 역사로 향했다. 기차는 4인1실의 침대칸이다. 기차를 타는 도중 일행과 떨어진 이성보 부단장 때문에 한바탕 난리가 났지만 다행히 우리 칸을 잘 찾아 오셨다. 자칫했으면 연길역에서 국제 미아가 될 뻔 한 이성보 부단장으로부터 자초지종을 들어보니 이유는 소주가 가득 들어있는 무거운 가방 때문이었다. 우리는 여행기간 내내 이 일로 웃음꽃을 피웠다.

기차 칸마다 따님들의 얘기를 듣는 사람, 소주 한 잔으로 정을 통하는 사람, 잠을 자는 사람, 모두가 이 밤이 소중하고 귀한 시간이다. 나는 생안손을 앓아 술 한 잔을 마시고 일찍 잠자리에 들었다. 새벽녘 옆방의 코고는 소리에 잠이 깨 창밖의 낯선 풍경에 눈을 떼지 못하고 있는데 인기척에 다들 일어나 아침을 맞느라 분주하다.

가끔씩 기차로 또는 자동차로 10시간이 넘는 중국 땅을 여행하는 경우가 있기는 하지만 이렇게 광활한 북만주의 지평선을 보면서 대륙의, 대륙적인 모습에 기가 질린다.

하얼빈, 연수현 가신진 청마의 흔적 찾아

3일차 아침을 하얼빈행 기차에서 맞이한다. 아침햇살과 함께 기차는 정확하게 7시 48분 하얼빈 역에 도착했다.

내가 그동안 그려왔던 하얼빈은 작고, 암울한 도시였다. 그러나 인구 980만의 이 거대한 동양의 모스크바는 보는 사람으로 하여금 놀라움을 금치 못하게 했다. 100년쯤 과거로의 기행을 준비하라는 듯 옛 건축물과 도시 전체가 주는 이미지가 무게감을 더해 준다.

19세기 말과 20세기 초에 러시아인들이 중동 철도를 건설하면서 이 도시가 생겼다. 하얼빈은 러일전쟁 동안 만주에서의 러시아 군사기지였고 1917년 러시아 혁명 뒤 이곳은 러시아를 도망쳐 나왔거나 우크라이나 인, 조선에서 이주한 이주민들이 살던 피난처이기도 했다.

역에는 제2회 청마문학연구상을 수상한 서여명 교수와 하얼빈 가이드가 나와 마중을 해 주었다. 일행들은 역사를 빠져나오는 사람들을 보면서 이 도시의 다양한 인종들과 삶의 방식을 이해하려 애썼다.

세 따님은 하얼빈 역에 내리자마자 "아 그 역"하며 자신들이 그토록 오고 싶어 했던 하얼빈에 대한 감정을 대변했다. 어머니와 함께 기차를 타고 와서 며칠간 묵었다는 여인숙의 기억, 그리고 소달구지를 타고 연수현으로 갔던 기억, 인전여사의 하얼빈 여학교 시절의 기억, 아버지와 함께 성문 밖에 나와 춘비 언니를 기다리던 자연씨의 가신촌의 기억, 백화점, 시내 풍경 등 따님들의 그리운 시절의 소회는 끝없이 계속됐다.

뷔페에서 아침 식사를 하고 한 숨을 돌린 일행은 그저 뉴스로만, 책으로만 접했던 하얼빈 731부대를 찾았다. 일정에는 없던 곳이지만 하얼빈에서 안중근 기념관과 이곳은 빼놓을 수 없는 역사의 산교육장인 곳이다.

부대에 들어서니 정면으로 1동의 건물만 홍보관 형식으로 남아 악명 높은 731부대의 명성을 깨우쳐 주고 있다. 자료실을 돌아보다 정신이 혼미해져 옴을 느꼈다. 잠시 밖으로 나와 쉼 호흡을 하고서야 그 잔인한 생체실험 현장을 끝까지 돌아볼 수 있었다. 사람으로서는 상상을 초월한 실험내용을 사진으로 보며 인간의 잔혹성이 과연 어디까지일까 반문해 봤다.

연수현 조선족 학생들과 기념촬영

이틀을 씻지 못한 일행들은 일찍 포춘데이스 호텔에 여장을 풀고 잠시 휴식을 취한 뒤, 오후 점심을 마치고 우리는 청마의 문학에 나오는 주변 지역을 둘러보기로 했다. 서여명 교수의 안내로 찾아간 곳은 청마선생님의 시 '극락사'로 잘 알려진 사찰. 동북 3성 가운데 가장 큰 불교 사찰이었다는 극락사는 규모면에서도 심양이나 타 지역 사찰을 압도했다. 그리고 다음으로 간곳은 시 '우크라이나 사원'으로 유명한 러시아 정교회였다.

여름의 기나긴 한 낮
고당의 寂寂히 그늘도 짙어

찾는 이 없는 鐵문 안엔
작은 얼굴들을 갸리우고
피어있는 새빨간 금잔화

1903년

하그리 먼 歲月은 아니언만

異國의 땅에 고이 바친 삶들이기에

十字架는 一齊히 西녘으로

꿈에도 못잊을 祖國을 향하여 눈감았나니

아 우크라이나 우크라이나

보리빛 먼 하늘이여

　　　　－ 유치환 시 「우크라이나 사원(寺院)」 전문

　우리는 이 시를 읽으며 하얼빈이 나라 잃은 사람들이 모여 살던 곳임을 실감했다. 특히 이 사원은 우크라이나인들의 묘지에 자리 잡고 있었지만 지금은 하얼빈의 동쪽 큰 거리에 위치하고 있고 지하철 공사로 인해 조망이 많이 가려진 상태였다. 다양한 인종과 문명이 꽃을 피웠던 당시의 하얼빈시에 왜 청마가 왔었는지를 이곳에 와서야 조금은 이해할 수 있었고 이 시기에 쓰여 진 청마의 시를 다시 한 번 살펴보지 않을 수 없다는 생각을 했다.

　서여명 교수는 자신의 논문에 수록한 청마의 시 '하얼빈 도리공원'과 청마선생님이 자주 거닐었던 송화강변, 하얼빈 시내를 안내했다. 석양에 비친 송화강의 애잔함이 선생의 시 '춘신'으로 다가오는 것 같다.

　밤이 깊어 갈수록 어쩐지 사람에 대한 그리움이 짙어져 갔다.

가신진 부민촌 당시의 정미소 자리 둘러보기도

밤 새 날씨는 쾌청으로 변했다. 이번 기행에서 가장 중요한 날이다. 따님들은 연수현으로 간다는 생각에 어린아이들 마냥 들떠 계신다. 누가 이토록 먼 길을 막아 70년이 지난 다음에야 이들을 이곳으로 오게 하셨을까. 따님들은 두 분이 모두 여든이 넘은 나이고 막내 따님만 일흔 아홉이다. 그럼에도 불구하고 이번 여행길에 세 분 모두가 나서신 것은 이 길이 어린 시절 뛰놀던 하얼빈을 마지막 볼 수 있으리라는 예감 때문이셨을 것이다.

이른 아침 식사를 하고 연수현으로 향했다. 서여명 교수가 자신의 논문에 수록된 청마의 시를 소개하며 청마의 북만 기행시는 나라가 없는 백성들의 도시, '하얼빈'이라는 지역을 토대로 생명과 윤리의 극단적 갈등, 그 갈등을 해소하기 위한 자학에 가까운 몸부림, 생명의 본연적 태도를 직시하는 긴박감, 선이 굵고 남성적인 어조로 노래하는 무거움, 이것들을 여행자라는 독특한 시선과, 북만이라는 독특한 공간이 만났을 때, 비로소 강렬해 질수 있었다고 설명했다.

고속도로를 타고 상지시까지 가서 1시간여를 더 달려서야 연수현에 도착했다. 미리 전화로 조선족 중학교 교장선생님과 만남을 약속해 뒀고 서여명 교수가 가이드와 이미 다녀왔기에 준비는 잘 되어 있었다. 신작로 좁은 길을 따라 나열을 한 백양나무 가로수가 이채롭다. 또한 끝없이 펼쳐진 지평선과 얕은 언덕 같은 산을 보며 광활한 북만주 땅이 얼마나 넓고 큰지를 깨달을 수 있었다.

학교 입구엔 예쁜 한복을 곱게 차려입은 여학생들과 최인범 교장선생님, 그 외 많은 교직원, 동네 어르신들이 일행들을 반갑게 맞아 주었다. 학교를 안내하는 교장선생님은 이 먼 북만주 땅에 현재 20만 명 정도만 조선족 동포가 거주하고 있고, 계속 인구가 감소하는 바람에 자녀들이 다니는 학교도 줄어, 지금은 연수현 지역 한 군데로 학교를 통

합해 운영하고 있다고 했다. 주로 경상도 사람들이 흑룡강성으로 이주해와 살고 있는 탓인지 가이드도 교장선생님도 모두 경상도 말투다.

교실 입구 게시판에는 일행을 반기는 환영문구가 적혀있다. 모두들 그 앞에서 사진을 찍느라 바쁘다. 행사장에는 학생들과 교직원이 모두 모여 있었고 서여명 교수가 자신이 받은 문학상 상금 중 200만원을, 따님과 우리일행이 장학금 110만원과 학용품을 학교에 전달한 뒤, 도서관과 학교 시설들을 돌아보고 기념촬영을 했다.

이날 연수현에서는 이 동네를 처음 방문한 문학기행단을 영접하고 청마가 살던 집터와 흔적을 찾아보겠다는 약속을 잊지 않았다.

식사 장소에서 최인범 교장은 연수현 조선족 100년사 책자를 선물하며 주요 인물란에 청마 유치환에 대한 자료가 실려 있다(책 310페이지)고 얘기하고 청마의 시 '광야에 와서'가 이곳 문학인들 사이에 인기가 높다고 설명했다.

책에는 - 류치환(시인) - 필명 청마이다. 한국문학사에서 생명파 시인, 인생파 시인, 의지의 시인으로 불리는 청마 유치환은 1940년 봄 형 유치진의 요청으로 가족을 거느리고 연수현 도산구 이민농장으로 이주하여 왔다. 그는 도산구 이민농장의 관리원으로 있다가 1945년 6월 조국으로 돌아갔다. 비록 연수에서의 삶의 체험은 길지 않았지만 조국에 돌아간 그는 도산구의 생활체험을 바탕으로 민족의 삶에 대한 애환이 짙은 시, '광야에 와서' '새에게' '구름에 그린다' 등을 썼으며 이 시들을 모아 1947년 시집 『생명의 서』를 출간하였다. 이 시집에는 "연수에서의 그의 삶의 정서가 짙게 표현되어 있다." 라고 적혀 있었다.

연변지역의 문인들과 청마 선생의 세 딸들이 함께 했다

　그리고 연변에서 만났던 원로시인들도 청마가 미당 서정주 시인과
더불어 한국의 양대 산맥을 이루는 시인이라고 말한 바 있다. 여기에
서 우리가 찾아간 연수현 가신진이 아마도 당시의 도산구 이민농장이
있었던 곳이 아닌가 여겨진다.

　연수현에서 행사를 마친 일행들은 다시 버스를 타고 최교장의 안내
로 가신진 부민촌을 찾았다. 가신진은 말 그대로 우리나라 60년대 초
농촌의 모습 그대로다. 버스에서 내리는 일행들을 보고 주민들이 놀라
는 모습이 역력하다. 먼지가 풀풀 날리는 동네를 부민촌 김기호씨(74세
셋째 따님 초등학교 후배)의 안내로 청마선생님이 관리하던 정미소가 있던
곳을 찾아가 봤다. 1950년대 불이 나서 모두 타 없어져 버렸다는 정미
소가 있던 곳은 공터와 다 쓰러져 가는 집 한 채만 뎅그러니 남아 있었
다.

　김기호씨의 말에 의하면 당시 따님들이 다니던 학교도 흙으로 만든
토성도 이미 없어져 버렸다는 것. 흐릿한 기억속의 정미소 풍경을 이

야기하며 몇 년 전 어떤 사람들이 찾아와 안내해 준 기억이 있다고 했다.

그들은 누구였을까. 따님들은 여기저기 예전 기억을 반추하며 흔적을 찾다가 행 길과 마을의 크기 정도만 알 수 있을 것 같다고 말했다. 가신진에서 죽은 어린 남동생에 대한 기억을 더듬으며 아버지와 함께 했던 짧은 기억의 편린들도 얘기해 주신다. 만주에서의 생활은 힘들지 않았지만 따님들은 아버지로서 느껴야 했을 중압감과, 조선의 핍박받는 민족으로서의 울분을 아마도 시로, 술로, 회한으로 달래지 않았겠느냐고 반문하며 여기저기 돌아보는 눈길에서 70년의 세월의 흔적을 찾기에 여념이 없으시다.

1시간여의 조사를 끝낸 일행들은 연수현을 돌아 일행들의 안내를 받으며 다시 하얼빈으로 돌아왔다. 버스 안에서 따님들과 외손녀들은 죽기 전 소원 한 가지를 이제야 풀었다고 말하며 행사를 준비한 나에게 감사와 고마움을 표시했다. 그리고 일행들은 자신이 보고 들은 연수현

가신촌을 둘러보는 청마의 세 따님

의 소회를 한사람씩 발표하고, 청마의 시도 낭송했다.

아버지가 쓰신, 아버지가 그리워 한 북만주의 하늘과, 땅과, 사람들, 그 그리움은 따님들에게도 그리움이었다. 방에 들러 세 따님과 많은 얘기를 나누었다. 책에 대한 것, 묘소에 대한 것, 내일 마지막 여정에 대한 얘기들...

밤이 깊어 우리는 모씨의 생일을 핑계로 하얼빈의 밤거리로 산책을 나섰다. 늦은 밤거리엔 어둔 가로등과 맥주를 파는 카페만이 문을 열어 놓고 있었다.

모스크바의 작은 뒷거리를 흉내 낸, 그러나 물맛 때문인지 하얼빈에서 마시는 하얼빈 맥주의 맛은 그 어떤 맥주 맛보다도 독특했다.

자정이 넘도록 우리는 보헤미안이 된 양 인생과 허무와 삶과 사랑을 이야기하며 내년에도 다시 이 사업을 추진하자는데 의견을 모았다. 밤거리를 헤매는 뿔 난 여인들을 위해 기사도 정신을 발휘한 김종철 과장님의 배려는 일을 하는 사람에게 동료애를 느끼게 해 주신다. 멀리 이국에까지 와서 일일이 챙겨 주시는 모습이 공무원이 아닌 이웃집 아저씨 같아 고맙고 감사하다. 여행은 이래서 행복한 것일까.

돌아오는 날. 아침부터 비가 내리기 시작했다.

이역만리 먼 동토의 땅. 하얼빈에 봄비가 내리고 있다. 갑자기 춘래불사춘春來不似春말이 떠오른다. 봄이 왔지만 봄이 온 것 같지 않다는 말의 뜻이 실감난다. 3월의 꽃샘추위처럼 한기가 몸을 감싸고, 어둔 잿빛 하늘이 귀향을 재촉하는 일행들의 마음에 슬픈 엘레지로 여운을 남긴다.

공항으로 가는 길에 잠깐 안중근 기념관에 들러 안의사의 나라 사랑과 서른 한 살의 짧은 생을 마감한 열사의 정신을 마음으로 느낀다.(당시 기념관은 하얼빈 역이 아닌 하얼빈시문화원에 있었음) 같은 건물에 있다는 흑룡강성 조선족 잡지사인 '송화강' 사장님을 만나 하얼빈 지역 문인활동과 근황을 듣고 상호 교류의 장을 넓혀 가기로 약속했다.

세상은 참 넓다. 넓다는 의미를 이곳 북만주에 와서 더 절실하게 느낀다. 어디를 가나 러시안 풍이 흐르는 낯선 거리와 이국의 이미지, 1900년대 척박한 땅으로 쫓겨와 살았던 우리 배달민족의 후예와 우크라이나, 유태인, 기타 조국을 등진 많은 실향민들의 아픔이 하얼빈을 잿빛의 도시로 만든 것일까.

청마의 시혼을 찾아 떠난 여정이 거제도로 내려오는 늦은 시간까지 서로에게 책임감으로 다가온다. 조상도 단장님의 마무리 인사와 김득수 이성보 부단장의 격려의 말을 들으며 함께 한 4박 5일간의 잊지 못할 추억을, 각자의 소회를 발표하면서 일행은 정말이지 한국 근대문학사의 한 획을 그은 청마가 거제 출신이라는 게 자랑스럽지 않을 수가 없다.

가고 오는 길, 내내 세 따님의 행복한 미소를 떠올리며 청마를 찾아 떠났던 우리들의 여정이 행복이었음을 돌아 온 후에야 알게 됐다.

며칠 후 연수현 조선족 중학교 최인범 교장으로부터 사진과 방문해 주어서 고맙다는 편지가 메일로 도착했다. 이번에 거제출신으로 표기된 청마의 대표 애송시선집 『거제도 둔덕골』과 『뜨거운 노래는 땅에 묻는다』를 기념사업회 주관으로 발간한다. 아마도 가을이 오면 또다시 하얼빈으로 청마의 시집을 들고 방문하지 않을까 싶다.

청마문학제 행사를 준비하는 과정에 '청마 북만주 문학기행'에 참여한 임원진과 문인, 따님, 외손녀 분들에게 다시 한 번 고마움을 표하며 먼 길을 찾아와 안내를 맡아준 서여명 박사에게도, 학용품과 성금을 보태주신 분들에게도 지면을 통해 감사를 드린다. (2010년 여름)

서시(序詩)와 선구자와 해란강의 땅 용정

연변 청마의 후예들, 문학상 시상, 시낭송대회 개최

제1회 청마문학상 시상식이 있어 유월을 뒤로 하고 연길행 비행기에 몸을 실었다. 청주 공항에서 출발하는 전세기가 기체 고장으로 4시간을 딜레이 하고서야 공항을 이륙했다. 장마비에 비행기 날개도 흠씬 젖었나 보다. 새벽 2시 비행기는 구름을 뚫고 나와 별이 총총한 하늘 위를 날아 북간도로 향했다.

동녘 하늘 저편은 벌써 먼동이 터 오는지 붉게 물들고 2시간을 날아 새벽 4시가 넘어서야 연길공항에 도착한 비행기는 서둘러 사람들을 내리게 하고 다시 한국으로 기수를 돌릴 채비를 했다.

이미그레이션을 통과한 일행은 모두 열 셋, 청마의 유족 6명과 나를 포함한 청마기념사업회 임원 7명이 유일한 이 비행기의 관광 손님이다. 얼마나 많은 중국의 조선족이 한국을 드나드는지 두 달 전에 비행기 표를 예약해도 하늘의 별따기 만큼 표구하기가 어려운 게 요즘 현실이다.

김성국 가이드와 미팅을 하고 아침에야 호텔로 들어가 체크인을 했다. 이번 여행에 단장으로 따라나선 조상도 전시장님과 본회 이사인 김득수 전 의장, 몸이 아픈데도 기꺼이 이번 행사에 동참해 주신 이성보 전회장, 여든이 넘은 나이에도 불구하고 아버지의 시혼을 심어 주시기 위해 길을 나선 둘째, 셋째 따님 그리고 유족들, 동청 임원들 모두의 모습이 어째 심상찮다.

아프면 안 되는데... 이억 하늘 멀리 이 북간도에 와서 아프면 안 되는데 걱정이 앞선다. 늦게 출발한다고 안심을 시킨 후 모두들 아침 9시까지 잠을 자도록 했다. 오전부터 일정은 용정시 일원을 둘러보는 일이다. 거제시와 1996년 자매결연을 맺은 용정시는 중국 항일역사의 근거지이자 독립운동의 횃불을 밝힌 용광로이고 윤동주의 '서시'와 박경리의 소설 '토지' 무대가 되었던 문학의 산실이다.

10시가 넘어서야 일행들은 버스를 타고 부루화통하강을 넘어 용정으로 향했다. 모아산과 해란강과 용문교와 일송정, 용두레 우물이 그림처럼 다가서는 곳. 박호만 전 용정시장님과 연변일보 윤기자를 만나 먼저 3,13의사릉으로 향했다. 들판가운데 13기의 이름 없는 의사의 무덤이 거기 있다.

윤동주 시비 앞에서

노란 국화꽃 바구니와 바다냄새가 절인 소주 한 병과 담배 한 개 피가 우리가 드릴 수 있는 의식이지만 일행들 모두가 묵념으로 열사의 혼을 위로했다.

거제시가 언제인가 해주기로 약속했던 주차장 부지엔 옥수수가 자라고 길목 어귀엔 어디에서 파 가지고 와서 심었는지 분홍빛 해당화가 함초롬히 피어 있다.

차는 다시 언덕 산길을 따라 윤동주 시인의 묘소를 향한다. 지난해는 눈이 와서 보지 못하고 발길을 되돌렸던 곳인데 7월의 용정 벌판은 싱그런 신록이 춤을 추고 있다.

누런 황소와, 농부들과 성긴 하늘을 맴도는 하얀 구름떼를 뒤로하고 낮은 언덕 위에 용정시를 바라보고 누워 있는 윤동주 시인의 묘소는 푸른 꽃밭이다. 가지고 간 꽃다발과 소주 한 잔을 올린 후 모두들 언덕을 따라 나란히 섰다.

발아래 명동촌과 시인이 태어난 생가가 햇빛 속에 반짝 거린다. 스물일곱의 아까운 청춘, 마루타의 실험대상이 된 시인은 후쿠오카 감옥에서 해방을 앞두고 이름 모를 주사를 맞고 숨졌다.

왜 그랬을까, 왜 그래야만 했을까? 그 물음은 하얼빈 731부대에 들렀을 때도 그랬다. 잠시 동안의 침묵이 우리에게 많은 것을 생각하게 한다.

시인의 생가는 돌아오는 길에 들리기로 하고 에둘러 발길을 돌린 곳은 용정시청과 지하 감옥, 선구자의 배경인 비암산과 일송정이다. 동북공정의 일환으로 몇 년 전 내 눈앞에서 깎여 없어진 고향의 봄, 선구자 노랫말이 지금은 용정의 노래로 바뀌어져 있다.

세 따님과 유족의 후원으로 열리게 된 제1회 청마문학상 시상식과 시낭송대회는 그 지역 문인들의 도움도 한 몫을 했다. 아나운서와 학생들이 고운 한복 차림으로 낭송한 청마의 시는 200명이 넘는 연변 조선족들의 가슴을 파고들었다.

동북삼성의 조선족을 대상으로 공모한 문학상은 수십 편의 작품이 응모돼 성황을 이뤘다. 물론 연변에서는 정지용, 윤동주를 비롯한 몇 명의 문학상 시상식이 열리고 있다.

그러나 항일 독립운동의 근거지였던 용정과 하얼빈 지역에 대해 청마의 문학과 삶을 조명하고 기리는 사업은 현재 우리 문학인들이 해야 할 몫인 것이다.

여름이 찾아온 해란강과 부루하통하 강가에 늘어진 버드나무가 변화하고 있는 연변의 건물들과 묘한 대조를 이룬다. 서울의 강남과 강북처럼 이곳도 강을 끼고 신도시 구도시가 극명하다. 우리 일행이 여장을 푼 국제호텔은 연길 중심지에 소재한 5성급 호텔이다. 잠시 휴식을 취하고 행사가 진행될 뒤편 예식장 건물을 둘러보기로 했다.

김영건, 최룡관 시인이 지역 문인들과 함께 행사 준비에 여념이 없다. 내일 이곳에서 문학상 시상식과 시낭송대회를 연다. 10년의 연변 방문 끝에 이뤄낸 이 행사를 위해 내가 뛴 걸음은 얼마쯤인지 모르겠다.

김우중 회장님의 말씀처럼 세상은 넓고 할 일은 많다. 저녁은 용정시가 주관하는 만찬으로 대신했다. 지난해처럼 신화촌에서 먹은 토닭의 그 진한 맛을 잊을 수가 없다.

청마문학상 시상식　　　　　　청마문학상 시낭송대회 입상자와 함께

다음날 아침 10시 시낭송대회와 문학상 시상식이 열렸다. 200여 명이 넘는 문화예술인들과 연변지역에서 예선을 거친 30여명의 학생, 어나운서들이 청마의 행복을, 바위를, 깃발을 낭송했다. 예쁜 한복을 차려입고 대회에 임하는 그들의 진지함에 일행 모두는 놀라고 또 놀랐다. 거제에서도 이렇게는 안했는데... 가슴이 벅차올라 모두에게 감사할 뿐이다.

4시간여의 행사가 모두 끝나고 그 자리에 축하 만찬이 이어졌다. 가무를 좋아하는 한민족 정서는 이곳에서도 어쩔 수 없나 보다. 유족들도 수상자들도 모두 한 마음이다.

이른 저녁을 먹은 뒤 일행은 이도백하로 이동했다. 짧은 1박 2일의 백두산 여정을 하기 위해서였다. 선봉령을 넘고 이도백하로 올 때까지 다들 버스 안에서 얘기들을 나누거나 쪽잠을 청하기도 했다. 하얀 자작나무들이 차창가를 스쳐 지나간다. 내일은 천지를 꼭 볼 수 있기를...

칠월의 하늘은 청명하고 푸르렀다. 휴게소에서 산 옥수수 한 자루씩 손에 들고 백두산 산문을 넘는다. 입산객들이 많아 한 시간 여를 기다린 끝에 지프를 탔다. 꼬불꼬불길, 악화현상으로 나무들이 굽은 능선을 따라 천지에 오른다. 만병초와 구름국화와 애기진달래가 온 능선을 덮고 있다. 백두엔 여름이 아니라 온통 봄빛이다. 천지에 올라보니 감회가 새롭다. 일년에 몇 번씩 천지에 올라도 전체를 다 볼 수 있는 날은 한두 번이 고작인데 오늘은 3대가 복을 지어 이리 청명하고 맑은지 따님들을 모시고 옆의 팻말이 있는 산정으로 향했다. 멀리 북한의 장군봉이 보인다. 해맑은 그들의 미소 속에서 나도 행복을 느끼며 천지의 전경을 감상했다.

아쉬움을 남기고 하산한 일행들은 점심을 먹고 장백폭포, 소천지를 돌아 연길로 되돌아 왔다. 짧은 1박2일의 일정이지만 모두에겐 가슴

벅찬 여행으로 기억될 것이다. 유경식당에서 냉면과 북한음식으로 저녁을 먹고 늦게 공항으로 향했다. 3박4일의 짧은 여정이 마무리 되겠지만 비행기가 제때 오고 제때 떠야 안심할 수 있다. 가이드인 성국이가 비행기 출발을 확인하고 나서야 출국 수속을 밟았다.

이제 가는구나. 공항라운지에서 용정시장님 일행과도 작별인사를 나눴다. 조시장님과는 또 언제 이곳을 방문할 수 있을까? 따님들과 방문한 두 번째 여정에서 무사히 행사를 마무리 한 것에 대해 감사한다. 그리고 연변 학생들과 청년들의 가슴에 낭낭하게 울려 퍼진 청마의 싯구절이 오래도록 허미처럼 맴돌아 연변의 하늘에 푸른 깃발로 펄럭이기를 기원해 본다. (2011년 7월)

문학의 향기 속에 만난 사람들

유월의 하늘은 맑았다.

하얼빈으로 가는 길은 예나 지금이나 변함이 없지만 세 따님이 없는 문학기행은 앙꼬 없는 찐빵이나 진배없었다.

큰 따님만 빼고 올해 초까지 벌써 두 분 따님이 아버님 청마 곁에 묻혔다. 해맑은 소녀 같은 셋째 따님, 말없이 미소만 지으시던 둘째 따님 모두가 북만 문학기행을 세 번씩이나 동행을 했었는데 별로 아프시지도 않고 아버님 곁으로 떠나셨다.

정확히는 8회째이나 7회를 맞이한 청마 북만주 문학기행과 네 번째 개최하는 청마백일장 행사는 해를 거듭할수록 중국 흑룡강성 조선족 동포들과, 청소년들에게 의미 있는 행사로 자리 잡아 가고 있다.

맨 처음 세 따님들의 소원대로 1차 북만주 문학기행은 청마의 흔적을 찾아보는 길이었다. 연변을 돌아 하얼빈과 연수현 가신촌까지 우리는 청마가 왜 만주행을 감행해야 했는가에 대해 사료를 모았다. 물론 따님들의 증언이 제일 중요했다.

두 번째 문학기행은 연변에 청마문학상을 제정하고 청마 시낭송대회를 개최하는 행사로 준비했다. 세 따님과 연변의 조선족 작가들과 손을 잡고서..

세 번째 문학기행은 연변에서 제2회 청마문학상 시상식과 청마백일장 행사였다. 행사가 끝나자 첫해와 마찬가지로 청마의 친일문제로 시끄러웠다.

한국에서의 청마 친일문제는 일단락 됐지만 연변에서의 청마에 대한 족적은 무겁고 끈질겼다. 네 번째 문학기행은 문학상 시상식 없이 관망 상태로 이어졌다. 일부에서는 하얼빈으로 옮겨서 하는 게 어떻겠냐는 의견제시도 있었다.

4년 동안의 회장 재임 중 나의 마지막 북만기행은 하얼빈으로의 행사장소 변경이었다. 내년에는 하얼빈에서 행사를 진행해 보자는 의견과 함께 여름 태양이 작열하는 흑룡강성의 뚜얼부트와 대경시를 거제지역 기자단들과 함께 방문했다. 그해 지금의 이홍규 작가협회 회장을 만났다. 이대무 기자와 같이 이른 코스모스와 해바라기와 731부대의 암울한 흔적을 돌아보면서..

2014년 여름을 맞아 우리는 다시 세 따님과 하얼빈행을 감행했다. 이번 일정은 연수현과 상지시, 가신촌을 둘러보고 청마가 관리했다는

백일장과 시낭송대회 입상자

도산농장을 찾아, 그 흔적을 만나보는 것이었다. 연수중학교 최인범 교장선생의 환대는 두고두고 잊지못할 추억이 되었다.

연수현에서 만난 청마의 행적은 연변과는 다른 이미지로 알려져 있었고 청마의 문학활동은 연수 백년사에도 소상하게 기록되어 있었다. 김운항 회장의 북만기행이 성공적이었던 것은 유족의 후원과 기념사업회 임원들의 지지 덕분이었다.

이듬 해 2015년 손경원 회장이 취임하면서 상지중학교에서 제1회 하얼빈 지역 청마백일장을 개최하게 됐다. 네 번째 문학기행이었고 백일장에는 하얼빈 작가협회 회원들이 많이 참석해 주었다. 유족들과 임원들은 멀리 초원까지 올라가서 북만의 여름 풍경을 감상했다.

2016년과 2017년, 2018년은 하얼빈 동력소학교에서 청마백일장을 개최했다. 학생들의 공연과 축하행사, 백일장 모두 성공리에 마쳤다. 옥순선 회장의 올 마지막 임기로 진행된 문학기행은 지난해 백두산 행사에 이어 이번에는 서간도 일대인 신의주, 단동이 보이는 압록강 일원과 심양을 둘러보는 행사였다.

올 해 청마북만주 문학기행이 어려운 가운데 진행된 것은 흑룡강성에서 열리는 청마백일장 때문이었다. 참가 학생들의 열기도 뜨거웠지만 학생들을 지지하는 부모님과 한글을 잊지 않고 가르치려는 조선족학교 선생님들의 열정이 정말 대단했다.

청마기념사업회가 여력이 있다면 나는 꼭 대상 수상자와 지도교사를 한국의 청마문학제 행사에 초청하고 싶다.

시상식장 막간을 위해 춤과 노래와 공연을 준비한 동력소학교 권국화 교장선생님과 조선족 지도교사들에게도 칭찬을 아끼지 않고 싶다.

우리 한국의 교사들이 국어에, 한글에 그만큼의 노력을 쏟아 학생들을 가르칠 수 있을까. 또박또박 쓰여진 원고지의 참한 한글이 멀리 북

간도 땅에서 어린 학생들의 손에 의해 쓰여지고 있다는 사실은 보는 이로 하여금 숙연하게 했다면 어찌할까.

갈수록 한글에 피폐해져 가는 우리의 청소년들을 보면서 우리의 말과 글이 그들에 의해 잊혀져 간다면 또 어떤 심정이 될까.

저녁에 마련된 한중문학의 밤 행사는 지난해처럼 시낭송과 노래와 덕담으로 이어졌다. 누군가 말했다. 조선족 작가들이 저런 끼를 가지고 어찌 중국에서 살고 있는지 모르겠다고..

백일장을 마치고 하얼빈 시내투어를 하면서 안중근 의사와 정율성 선생과 청마와 또 잊혀져 가는 우리들의 항일 독립투사들을 기억해 본다. 밤은 깊어 갔고 송화 강변의, 중앙대가의 아이스크림 맛을 우리는 잊지 못할 것이다.

일행들 모두 731부대에 들러서 기차역으로 이동하며 말이 없다. 유네스코 세계문화유산으로 등재하기 위해 지금도 발굴을 계속하고 있는 731부대를 돌아보며 인간의 한계가 어디쯤인지를 가늠해 본다.

심양으로 오는 기차에서 끝없이 펼쳐져 있는 옥수수 밭이 푸른 하늘과, 자작나무 숲과 묘한 대조를 이뤄 대륙의 광활함을 다시 한 번 느끼

압록강변 앞에서

게 한다.

저녁시간에 맞춰 심양에 도착한 일행들은 서탑 거리를 돌아 식사를 하고 상그릴라 호텔에 여장을 풀었다. 내일은 단동행이다. 모두들 피곤한지 일찍 잠자리에 든다. 유족대표로 참석한 김종찬 이사장과 구미 팀들만 심양의 야경을 보러 나가겠단다.

다음날 가이드 현아와 만난 우리는 단동으로 가기 전에 북릉에 들러 잠시 청나라 황제의 능을 돌아보았다. 단동까지는 세 시간이 넘게 걸린단다. 도착해도 점심은 두시가 넘어야 가능할 듯 싶다. 가이드 현아는 지난해 우리가 백두산 투어 때 만난 가이드다. 구면이라 그런지 어색하지가 않다. 동태 된장국으로 늦은 점심을 먹고 단동 조중 철교에 올랐다. 평화의 바람이 이곳 북중 지역에도 예외 없이 불어와 관광객들과 신의주로 오가는 차량들의 행렬이 지난 번 때와는 확연히 다르다.

압록강변을 따라 유람선도 타고 사진도 찍으면서 신의주를 관통해서 우리가 이 중국 땅을 밟을 날을 상상해 본다. 일행들은 버스 안에서 이번 여행의 소회를 이야기 했다. 청마가 있어 시작된 북만주 문학기행은 세 따님과 함께였을 때가 더 즐겁고 행복했다.

세월이 가면 우리는 또 얼마나 많은 것을 기억하며 살아갈까. 고인이 되신 두 따님의 모습 속에서 나이 듦을 생각하는 나에게 북만기행은 청마의 문학적 족적을 찾아가는 또 다른 삶의 지표가 되어줄까.

내년을 기약하기는 어렵지만 7차까지 계속된 청마 북만주 문학기행은 거제문인들에게는 향수이고 설레임일 것이다. 최부장과 내년에는 멀리 홍안령을 넘어서 만주리까지 가보자는 얘기도 나누었지만 어디까지나 바램이다. 꿈이 있다면 한글을 가르치는 조선족 학교 지도교사들을 거제도로 초청, 아름다운 거제의 풍광과 낭만을, 청마의 흔적을 돌아보게 하고 싶다.

이번 제22회 거제선상문학 예술축제에 흑룡강성 조선족 작가들 5명이 참가한다. 방학이라는 틈새를 찾아 한국을 방문하고 다시 거제도를 찾겠단다. 그들의 열정이 고맙다. 며칠 후면 장승포항 수변공원에서 선상문학 축제가 열린다. 시민과 함께하는 이번 행사에 청마를 기억하는 전국의 문인들도 참여, 모두가 문학의 향기 속에 흠뻑 젖어보는 시간을 기대해 본다. (2018년 여름)

고구려 유적과 청마의 발자취를 찾아서

해마다 떠나는 하얼빈행 여름 북만 문학기행은 언제나 청마의 세 따님과 함께였지만 올 해는 외손녀 가족들과 사업회 임원들과 함께 한 여정이 되었다. 세 따님 중 두 따님이 벌써 아버님 곁으로 떠나셨고 큰 따님 인전 여사도 투병중이어서 함께 떠났던 몇 차례의 북만 문학기행은 이제 추억으로 남아 세월의 무상함을 느끼게 한다.

2010년부터 시작된 청마북만주 문학기행은 연변에서 백두산으로, 하얼빈으로, 연수현으로, 가신촌으로, 도산농장으로 멀리 내몽골 자치주인 뚜얼뿌트까지 많이도 돌고 돌았다. 지난해는 단동과 압록강 지역을 돌아보는 일정을 잡았고 올 해는 하얼빈에서 백일장대회를 치르고 심양과 통화 집안을 돌아 고구려 옛 유적지를 둘러보는 코스로 여행일정을 선택했다.

새롭게 단장된 하얼빈 역의 안중근 의사 기념관과 하얼빈 731부대를 둘러본 일행들의 가슴엔 이역만리 타국에서 독립운동을 하다가 돌아가신 수많은 선열들의 가슴 아픈 사연이 느껴진다고 했다. 또한 조선족 학생들의 청마 백일장 대회를 지켜보면서 우리나라 학생들보다 더 또박또박하게 한글로 작품을 써 내려간 이들의 한글 사랑이 얼마나 애틋한지도 알게 됐다고 했다.

하얼빈 시 조선족 동력소학교 권국화 교장과 이홍규 작가협회 회장,
이대무 수석 연구원과는 벌써 10년이 넘게 이 행사를 위해 만나는 사
람들이다. 그들의 도움이 없었다면 하얼빈시에서 청마백일장을, 문학
기행을 개최할 엄두를 낼 수 없었을 텐데 요행이 그들은 조선족 신문
사에서, 방송국에서, 잡지사에서 일하고 있는 사람들이어서 그나마 힘
들지 않게 백일장과 문학기행을 진행할 수 있었다.

줄어드는 중국 내 조선족 동포들의 숫자만큼 동북 3성을 움직이는
우리 조선족 동포들의 생활방식과 전통문화에 대한 인식도 점점 달라
져 가고 있다. 조선족 학교도 몇 년 전까지만 해도 10개가 넘던 것이
하나 둘 없어지고 한글을 배우고자 하는 학생들도 점점 줄어들고 있는
실정이란다.

그런 와중에 청마를 기리는 청마 백일장을 중국 내에서 치룬다는 것
은 극히 이례적인 일인데다 쉽게 접근할 수 없는 행사 중의 하나인데
도 하얼빈시에서는 매년 이 행사를 잘 치러 내고 있는 것은 교사들과

학생들의 열의가 대단하기 때문이라고 생각할 수밖에 없다. 그것도 중국 나라 시인이 아닌 한국의 유명 시인을 기념하는 행사로서 말이다. 이제 청마는 북만의 하늘 아래 자라나는 조선족 학생들에게 한국의 대표시인으로 자리매김하고 있다.

문학에 열정을 갖고 있는 하얼빈 조선족 학생들은 청마 유치환이 누구인지를 대부분은 알고 있다. 『흑룡강성 연수 100년』사란 책자에 보면 당당하게 청마 유치환에 대해서 기술해 놓고 그가 한국의 유명시인이라는 것을 표기해 놓았다. 아마도 한국의 초중고 학생들에게 청마가 누구냐고 물으면 정확하게 말하는 학생들이 얼마나 될지 궁금하다.

이번에도 예심을 거친 본선 진출자 60여명이 동력소학교 강당에서 백일장을 치렀다. 초등학교 2학년부터 고등학교 3학년까지 다양한 학생들이 모여 저마다의 기량을 뽐냈다. 대략 15명의 학생들이 입상을 했고 대상 학생들과 입상자, 지도교사들이 수상의 영예를 안았다. 이들 모두에게 여건만 허락한다면 한국으로 초청, 청마의 푸른 고향바다와 하늘을 보여주고 싶지만 그렇게 못하는 게 안타까울 뿐이다.

청마백일장 시상식 입상자

이틀간의 행사를 마치고 일행은 중앙대가와 도리공원, 731부대를 돌아 심양으로 향했다. 옛 고구려 유적지를 둘러보기 위해서이다. 4시간의 기차여행에서 우리는 흑룡강성에서 길림성으로 요녕성으로 동북 3성의 옥수수밭과 자작나무 숲을 차창으로 보았다. 광할한 대지와 초원의 푸른 녹음이 안겨주는 상쾌함이 삶의 에너지를 북돋아 주었다. 심양에 도착해 늦은 점심을 먹고 가이드 현우와 함께 통화로 향했다. 세 시간을 다시 남으로 달려야 압록강변 통화시에 이른다. 거기서 하루를 묵고 다시 집안으로 가야 할 터.

나만 빼고 모두 고구려 유적지는 초행길이다. 장맛비가 거제도에서부터 우릴 따라왔는지 오다 그치기를 반복한다. 통화시는 백두산으로 가는 한국 단체들이 경유하는 곳이기 때문에 식당은 온 통 한국 관광객들로 북새통이고 우리도 겨우 한쪽 구석에 앉아 저녁을 먹고는 호텔

광개토대왕릉 비석 앞에서

로 향했다. 서파 쪽 야생화 꽃 축제가 요즘 시즌에 열리다 보니 저비용으로 백두산 여행코스를 원하는 팀들은 인천에서 배를 타고 단동과 대련을 통해 통화를 경유, 백두산여행을 하고 있는 추세다.

호텔은 새로 지어진 건물이라서 그런지 심양의 5성급 호텔보다 좋다. 모두들 편안한 휴식을 즐긴다. 모처럼 나도 아픈 몸을 추스렸다. 억지로 따라온 여행길이어서 그런지 몸이 영 말을 듣지 않았다.

다음날 아침 비도 그치고 상쾌한 기분으로 압록강변을 따라 집안으로 향했다. 한때 광활한 만주벌판을 지배했던 고구려 광개토대왕과 장수왕의 왕릉이 위치한 곳이라 더 애정이 가는 여행지였다.

압록강을 바로 옆에 두고 경계선을 따라 이동했다. 코앞에 북한초소들이 보이고 중국 공안들이 올라와 여권이며 행선지에 대한 조사를 한다. 정말 국경을 대면하고 있다는 실감이 든다. 다시 1시간 반을 달렸을까. 일행은 분지에 쌓인 집안에 도착했다.

산맥을 따라 외성이 자리 잡아 눈으로 보아도 천연 요새 같다는 느낌이 든다. 중국의 역사왜곡사건인 동북공정 사업이 있기 전까지는 들판에 서 있던 광개토대왕비에도 지금은 지붕과 가림막이 쳐져있고 능과

흔적만 남아있는
광개토대왕릉

주변을 공원으로 조성시켜 입장료까지 받고 있다. 세계문화유산으로 지정 시키고 왕호도 호태왕이라고 부르고 있었다.

마음이 착잡했다. 초라한 능도 마음을 아프게 했다. 환도성의 흔적은 이미 수풀과 마을에 가려 없어진지 오래다. 광개토왕릉을 뒤로하고 장수왕릉을 찾았다.

조금은 더 단장돼 있고 꽃나무들도 정돈이 잘 돼있다. 왕릉을 돌아 나오다가 세월에 비껴간 오래된 성벽 하나를 발견했다. 밭 언덕으로 쓰여 지고 있는 옛 토성의 잔해일까. 돼지우리와 연해 있는 성벽의 모습이 삶의 무상함을 말해준다. 다시 일행은 압록강변으로 향했다.

푸른 물이 아닌 흙탕물이다. 우리는 뱃사공의 노 젓는 배 대신 모터보트를 타고 강 상류를 거슬러 올라갔다가 되짚어 내려왔다. 반대편의 북한산들은 모두가 민둥산이다. 어째서 나무도 없는 산이 돼 버렸을까. 강가의 수양버들 사이로 초소가 보인다. 전망대에서 사진을 찍고 시내로 가서 점심을 먹었다. 심양으로 돌아오는 길에 간간히 비가 내렸다. 우울한 샹송을 듣는 것처럼 모두 말이 없다.

가이드 현우가 동북 3성의 현실을 조용조용 설명해 주고 선구자 노

장수왕릉 앞에서

래며 연변 노래까지 메들리로 들려준다. 참 대단한 가이드다. 현우는 아픈 나를 대신해 연변에서 하얼빈까지 날아와 우리 일행을 데리고 심양까지 와서 투어를 마친 다음 다시 연변으로 돌아갈 예정이란다. 나 때문에 개고생을 하는 현우에게 미안하다. 현실과 비현실의 세계 속에서 현재 조선족들이 안고 가야 할 문제들을 하나하나 설명해 주는 현우의 얘기를 들으면서 우리는 이번 여행의 마무리를 준비한다.

내일이면 다시 한국으로 돌아와 일상의 생활로 복귀할 것이다. 특히 청마가 있고 하얼빈의 별을 닮은 조선족 학생들이 백일장을 치르는 한, 우리는 다시 청마의 북만기행을 준비할 것이다.

이번 여행길에 많은 도움을 준 이대무 수석연구원과 이홍규 하얼빈 작가협회 회장님, 권국화 교장선생님께 지면으로 감사의 인사를 대신한다. 예전처럼 시간이 허락 한다면 한국으로 초청해 코스모스 한들거리는 둔덕 청마 뜰악을 꼭 한 번 거닐게 하고 싶고, 청마문학제에 별을 닮은 입상자 학생들도 초청해 함께 지전당골 청마의 묘소와 청령정을 걷게 하고 싶다.

그들에게, 살아 백 년, 죽어 천년을 이어갈 청마의 시혼에 긴 호흡을 불어 넣고 싶다.(2019년 여름)

흑룡강성 동베이 초원에서 부른 님의 노래

우리가 하얼빈으로 가기 위해 준비한 것은 4월부터였다. 새로운 신천지에 대한 기대감은 커다. 그러나 북방의 신천지는 광야에서를 노래한 청마의 시혼처럼 그리 녹녹치가 않다. 7월 1일 하얼빈으로 떠나기 전 나는 청마의 가족들과 통화를 하며 두 따님들의 건강에 대해 물었다. 아마도 마지막 걸음이 될 듯 한 두 따님의 소원을 4년 만에 다시 들어주게 된 것에 대해 흡족해하면서...

청마 선생님의 시혼을 찾아 떠난 하얼빈은 중국에서도 보기 드문 낭만의 도시다. 송화강을 끼고 옛 영화를 다시 꿈꾸는 인구 900만이 거주하는 하얼빈 시는 러시아의 수도 작은 모스크바를 연상시킨다. 4년 전과 2년 전 두 번의 하얼빈 행 모두 테마기행이었고, 한번은 청마의 흔적을 찾아, 또 한 번은 동베이 초원의 광활함을 보기 위해서였다.

떠나기 전 선생님의 시집 『생명의 서』를 꺼내 읽었다. 그리고 우리가 만든 시집 『뜨거운 노래는 땅에 묻는다』와 『거제도 둔덕골』을 50권씩 100권을 별도로 챙겼다. 연수현 조선족 중학교 학생들 30여명(그들은 한글을 알고 있다)에게 청마시집을 선물하기 위해서이다. 그리고 나는 책장에서 눈에 띤 전혜린의 『그리고 아무 말도 하지 않았다』를 꺼내 들었다. 학창시절 무던히도 좋아했던 수필집이다. 32세의 짧은 인생을 살다 간 전혜린의 삶이 그 속에 있음에.

가끔씩 내가 싫어지고 살기가 팍팍할 때 나는 이 책을 읽곤 한다. 세월호 여파에 여행사들이 힘들게 버텨가고 있는 상황이 언제쯤 풀릴지 모르는 상태에서 지치기 일보 직전에 다시 하얼빈으로 떠나게 됐다. 삶의 재충전을 꿈꾸며...

하얼빈은 이제 봄에서 여름으로 시작되는 계절이다. 중앙대가나 송화강은 그대로인데 안중근 기념관은 시내에 있던 것이 하얼빈 역사 바로 옆에 잘 단장돼 있었다. 한 나라 대통령의 힘이 대단함을 새삼 느끼지 않을 수 없다. 흑룡강성 조선족 작가협회 리홍규 회장, 이대무 부회장, 최창호 여행사 사장 등 관계자들과 만나 북만주 문학기행의 상황을 설명하고 안내를 부탁했다. 이대무 기자와는 지난번 뚜얼뿌뜨 여행 때도 안내를 부탁한 터 이번 여행길에도 리홍규 회장과 함께 좋은 안

청마선생이 정미소를 운영했다는 가신촌의 현장에서 가이드의 설명을 듣고 있다.

내자가 돼 주었다.

　다음 날 상지시를 돌아 가신촌에 가기 위해 아침 일찍 출발한 일행은 11시가 돼서야 연수현 조선족 중학교에 도착했다. 최인범 교장과 김수길 전 현장, 강효삼 시인이 기다리고 계셨다. 장학금과 학용품, 시집을 전달하고 점심을 먹은 후 우리는 청마선생님이 운영하셨다는 가신촌 정미소를 찾아 나섰다. 4년 전엔 희미하게 터만 알고 갔던 그 곳이 맞긴 맞았다. 새롭게 건물을 올렸지만 굴뚝은 4년 전 그대로였다.

　예나 지금이나 가신촌은 변한 게 없었다. 뿌얼뿌뜨까지 올라가는 여정 때문에 도산농장 방문은 다음 기회로 미뤘다. 이홍규, 강효삼 시인의 현지 안내에 우리는 많은 얘기들을 들었고 조선족 작가협회가 청마 선생님의 유적을 더 찾아보기로 했기에 언제든 오면 가볼 수 있는 곳이 있다는 게 기쁘지 않을 수 없었다.

　다시 6시간의 긴 버스투어가 시작됐다. 3시에 출발한 버스는 밤 9시가 되어서야 초원의 게르에 도착했다. 가면서 석유를 캐고 있는 대경시를 보며 모두는 중국의 미래에 대해 경계심과 부러움을 이야기했다. 세상은 돌고 돌지만 어마어마한 땅덩어리와 지하자원을 보유한 중국 대륙의 미래는 상상 그 이상이다. 게다가 끝없이 펼쳐진 옥수수밭과 초

내몽골의 유목민 주택 '게르'　　　　　　　　　　　　　　몽골인들의 마을풍경

원의 광대함에 일행들은 혀를 내둘렀다.

우리가 찾아온 뚜얼뿌뜨는 중국 흑룡강성 내 내몽골 자치주에 속한다. 청나라 글자인 만주족 글자가 간판에 붙어 있고 게르와 말과 초원과 쏟아지는 밤하늘의 별들이 무수히 있는 곳. 이곳에서 다시 6시간을 더 가면 막다. 아무르 강이 있는 러시아 국경, 변방이 바로 코앞이란다.

늦은 저녁에 따님들의 잠자리를 챙겨주고 나와 룸메이트인 옥순선 팀장과 별을 보러 게르 밖에 나갔다. 풍욕을 해도 좋을 만큼 선선한 바람이 옷깃을 스친다. 7월이라도 가을 같은 느낌이다. 북두칠성이 바로 머리 위에 있다. 백야 때문에 11시가 넘었는데도 깊은 어둠이 없다. 이러다가 2시가 지나면 다시 새벽이 밝아 온다. 김광자 시인과 유정희 시인도 잠을 들지 못하고 게르로 나와 춤을 춘다. 북녘 하늘 밑에서 네 여자가 밤새는 줄 모르고 신이 났다. 꿈같은 하루가 갔다.

청마로 인해 또 이렇게 뭉친 문인들이기에 생각들도 제각각이겠지만 이 끝없이 펼쳐진 초원에서 말을 달리며 광야의 노래를 몸으로 만끽했다.

산다는 건 한 순간의 선택에 의해서지만, 이런 장소에 이렇게 함께 할 수 있다는 것만으로도 소중한 우리들의 문학기행은 다시 하얼빈으로 내려가는 일로 하루를 시작했다. 수산도가촌과 용호포를 둘러 뚜얼뿌뜨에서 온천까지 하고 4시간 버스를 타고 하얼빈 시로 향했다.

저녁시간 잠시 조선족 작가협회 회원들과 만나 담소를 나누고, 하얼빈 맥주 맛에 취하기도 하고 멋적은 남정네들과 쓴 소리도 하면서 밤을 샜다.

3박4일의 여정이 오늘로 마무리 되지만 항상 떠나면 다시 만날 날을

731부대 전경

731부대 유적지 일부

기약하는 게 인생이다. 하얼빈 731부대를 돌아 이대무 기자의 배웅을 받으며 비행기에 오르는 일행들 모두 이번 하얼빈 북만주 기행이 세상을 살면서 삶의 에너자이너로 남는 여행이 되었으면 한다.

청마로 인해 함께 한 시간들이 따님에게도 문인들에게도 좋은 추억이길 바라마지 않는다. 나는 또 내일 다시 목단강으로 날아 갈 것이다. 중국이, 여기 흑룡강성이 먼 곳이긴 하지만 나는 다시 이 땅을 밟을 것이기에 그들과 헤어짐의 약속은 하지 않았다.

여정 내 항상 내 품에서 떠나지 않았던 청마시집과 전혜린의 수필집이 내 궁핍한 삶에 한 줄기 빛이 돼 주었음을 감사하게 여기며 이번 기행을 마무리하고자 한다. 함께 한 청마유족들과 동청 임원진들에게도 이 지면을 빌어 고마움을 대신한다. (2016년 여름)

여름, 청마 그리고 동주

올해도 사드 때문에 중국과의 교류행사가 힘들 거라 생각했는데 이번 청마 북만주 문학기행은 예상 외로 순조롭게 일이 진행되었다. 4월 말에 대충 참가할 인원이 확정되고 중국에서도 별 탈 없이 문화행사는 진행해도 된다는 회신에 따라 5월 중순, 하얼빈에서의 청마백일장 예선도 잘 치렀다는 소식을 접했다.

2010년부터 세 따님과 함께했던 청마 북만주 문학기행은 올 해 초 셋째 따님인 자연 여사님이 타계하시면서 함께 하지 못하게 됐다. 언젠가는 꼭 한 번 가보고 싶다 하셔서 진행한 문학기행이었는데 현재는 나머지 두 분 따님도 와병 중이라 함께 하고 싶어도 자리조차 만들 수가 없는 상황이 돼 버렸다.

병중인 따님들을 보면 '세월 이기는 장사 없다'라는 말이 실감 난다. 정확하게는 이번이 제7차 문학기행이지만 따님들과 유족이 함께하지 못한 2012년 행사는 연변 청마문학상 시상식과 백일장 시상식 행사로만 접었기에 올해 북만 문학기행은 이성보 전 회장을 단장으로 옥순선 회장과 총 16명의 임원 유족들이 참가하게 됐다.

6월 24일부터 28일까지 4박5일간의 일정이 바듯하다 못해 잠잘 시간도 없을 정도다. 이번 일정이 다른 해와 비교하여 색다른 것은 하얼빈과 연변, 백두산을 함께 아우르는 일정이라는 점이다.

청마가 북만주에서 살았던 가신촌 전경

흑룡강성 하얼빈에서 한국의 거목 청마가 일제강점기 고난의 삶을 살았다면, 연변에는 올해 탄생 100주년을 맞은 항일 민족시인 윤동주가 태어나고 살았던 곳이기 때문에 이번 문학기행은 두 시인의 행적을 찾아보는 것도 좋을 것이라는 참가자들의 의견을 반영해 추진하게 됐던 것이다.

지난해는 경비를 아낀다고 대중교통을 이용해 봤지만 우리에겐 무리였다. 거제에서부터 관광버스를 이용 인천공항까지 가서 하얼빈행 비행기에 몸을 실었다. 밤에 출발한 비행기는 9시가 넘어서 하얼빈 국제공항에 도착했다. 사드 때문에 일행들은 긴장했지만 수월하게 출입국을 통과해 가이드 최부장을 만났다.

호텔에는 이대무 기자가 와 있었고 유족대표를 기다리는 하얼빈 문화예술계 관계자들도 기다리고 계셨다. 일행들은 가방만 객실에 올려다 놓고 늦은 저녁 겸 술 한잔을 하기 위해 양꼬치구이 식당으로 우르르 몰려갔다. 다들 출출한 판에 하얼빈 생맥주 한잔씩과 양꼬치 하나씩을 집어 들고 이역만리 타국의 밤을 음미했다. 알싸한 맥주 맛이 입 안에 향수처럼 감돌았다.

그렇게 1시간여를 보낸 일행들 중 일부는 객실로 올라가고 일부는 2시까지 담소를 즐겼다. 그 시간 나와 옥회장과 명옥 사무국장은 내일 아이들에게 줄 작은 기념품과 선물을 호텔방에 앉아서 싸고 있었다. 준비할 게 한두 가지가 아니었다.

다음 날 아침, 우리는 먼저 마루타 실험실로 알려진 하얼빈 731부대로 갔다. 세계문화유산 등재를 위해 몇 년 동안 공사를 해 온 731부대의 새로운 모습은 대국 중국의 스케일을 그대로 느끼게 했다. 1시간여의 관람을 마치고 외부 현장까지 둘러보며 하얼빈행이 처음인 참가자

옛 명동학교(예전 윤동주 시인 전시관)

들의 마음이 얼굴에 전해진다. 전시된 내용들을 보고 일본 군인들의 만행이 얼마나 끔찍하고 상상을 초월했는지 이해를 못하겠다는 표정들이다.

일행은 가이드의 설명을 들으며 버스에 올라 집행부는 백일장 행사장으로 나머지는 일부는 하얼빈역을 찾아 안중근 의사 기념관을 방문하기로 했다.

오전 9시부터 시작된 백일장 본선대회는 각 학교 청소년 대표들과 교사, 학부모들이 참석한 가운데 동력소학교 강당에서 열리고 있었다. 점심을 마치고 일행은 학생들의 공연을 보며 이 먼 타국 땅에서 우리의 말과 글로 소리로 춤을 추며, 가야금을 뜯는 학생들이 있다는 것에 감동을 받았고 우리글로 이들을 가르치고 있는 교사들의 열정에 또 놀라지 않을 수 없었다.

중국 정부에서 조선족 자치주 사람들에게는 그들의 문화와 풍습, 말

일본의 잔혹한 생체실험실 731 부대의 화장터

과 글을 계승하게 해 준다지만 인구 감소와 더불어 점점 줄어들고 있는 조선민족 사람들이어서 백일장 현장을 바라보는 마음들이 다들 애틋하고 먹먹했다.

1시부터 시작된 시상식이 끝나고 일행은 그 강당에서 또 1시간여 동안 양국 문인들과 앉아 청마에 대한 이성보 단장의 특강을 들었다. 청마는 하얼빈에서도 대시인으로 알려져 이번 백일장 행사 역시 조선족 자치주에서는 큰 의미를 부여하고 있다는 점이 색달랐다.

4시가 넘어서자 우리는 다시 자리를 호텔 만찬장으로 옮겨 '하얼빈여름 – 중한 문학의 밤'행사를 시작했다. 조선족 동포, 상공인, 교육계, 문인 등 70여명이 참석한 중한 문학의 밤은 내빈소개, 시낭송, 노래, 춤으로 아우러졌다.

모두가 우리의 문화로, 민족성으로 하나가 되는 시간이었다. 예전에는 없었던 환대고 대우였다. 아마도 청마 북만기행과 백일장대회가 이들에게 하나의 주요행사로 자리매김 한다는 의미로 받아들여도 된다는 것이리라. 하얼빈의 밤은 그렇게 깊어 갔다. 일부는 남고 일부는 중앙대가와 송화 강변의 야경을 보며 작은 모스크바의 열기를 낭만을 만끽했다.

다음날 일행은 연변으로 가는 기차를 타기 위해 새벽부터 준비를 서둘렀다. 1차 기행 때 11시간 반을 달려 왔던 기차가 4시간이면 간단다. 세상 참 좋아졌다. 최부장과 헤어지고 연변행 기차를 탔다. 밤 새피곤해서인지 모두들 잠이 들었다. 대평원과 여름 숲을 지나 신록으로 우거진 북만의 벌판을 기차는 달린다.

누군가 여기에 와서 자작나무를 원 없이 보고 싶다고 했는데 소원대로 자작나무는 흰 몸통을 드러내고 초록 잎으로 단장을 하고 나란히 나란히 줄지어 열병식을 하고 있다.

엊그제 다녀 온 몽골의 초원들이 신기루로 다가온다. 하늘은 맑고 구름 한 점 없는 지평선 너머의 초원의 풍경이 가슴을 뻥 뚫는다.

백두산이 있어 한국 관광객들이 가장 많이 찾는 연변 땅은 이번에도 화창한 날씨로 오롯이 우리들에게 민낯을 들어내 준다.

얼마가 지났을까 잠에서 깨어난 일행들이 먹을 것을 찾기 시작했다. 일찍 서두른 탓에 배가 고픈지 열차 간에서 먹는 약간의 술과 간식은 여행의 재미를 더해준다. 4시간의 시간은 그렇게 흘러갔다.

기차역에서 연변가이드 현아를 만나고 용정으로 이동해서 늦은 점심을 먹은 뒤 대성중학교에 들러 박시장님과 김관장을 만났다. 벌써 내가 연변을 다니기 시작 한지도 96년부터이니 20년을 훌쩍 넘겼다. 로타리클럽 일로, 신문사 일로 시작한 연변행이 여행사를 하면서 1년에 최소 4번은 방문하게 됐다. 그럴 때마다 만나는 박시장님이시다. 함께한 동북 3성의 대도시들이, 우리가 걸음 했던 땅과 산들이 대체 얼마나 될까.

윤동주 전시관을 돌아 일행은 다시 명동촌에 있는 생가로 갔다. 중국 정부에서 애국시인 윤동주라고 새겨놓은 푯말이 짠하게 다가온다. 일제강점기에 활동했던 윤동주 시인의 작품에는 나라를 잃은 고통과 고뇌, 자신에 대한 진지한 성찰과 인간, 우주에 대한 깊은 사색이 담겨 있다.

반평생 윤동주 시인을 연구한 오무라 마스오 와세다대 명예교수는 윤동주를 가리켜 "천재인 동시에 마음이 따뜻한 사람"이었다고 말했다.

생가 안에는 대리석으로 조각한 윤동주 시인의 시 100여 편이 우리를 맞는다. 생가 옆으로 송몽규 선생의 고택과 명동소학교가 이번 8월

2000년 당시의 윤동주 생가

새롭게 단장한 윤동주 전시관

용두레 우물   중국어로 번역된 윤동주 시

15일 윤동주 100주년 행사 준비를 위해 새롭게 단장 중에 있었다.

일정상 묘소 참배는 못하고 일행들은 애둘러 선봉령을 넘어 이도백하로 향했다. 또 4시간을 달려야 한단다.

참 백두산은 멀리 있었고, 천지는 쉽게 볼 수 없는 신비하고 성스러운 곳이었다.

다음날 아침 화창한 날씨 속에 백두산으로 출발이다. 1차 문학기행 때 와서는 눈 속에 묻힌 산만보고 갔더랬다. 우리가 문학기행을 봄이나 가을로 할 수 없는 것은 행사 일정 때문이기도 하겠지만 5월까지는 연변이나, 하얼빈 모두 춥기 때문이다. 그래서 여름을 택한다. 조금 늦던지 아니면 조금 이르던지...

아직은 성수기가 아닌 듯 손님들이 적다. 우리도 줄을 서서 버스를 타고, 봉고를 타고 천문봉으로 올랐다. 늘 가는 곳인데도 올라가는 길은 긴장된다. 오늘은 천지를 볼 수 있으려나?

주변 언덕으로 야생화들이 피어나 한들거린다. 짧은 여름의 백두산은, 그 야생화들은 싹을 틔우고, 잎을 피우고, 꽃을 열어 씨를 맺는다.

찰나에 와서 가는 풀들도 제 할 일을 하기 위해 몸을 세우고, 하늘을 이고 섰다. 대자연의 신비로움이 비단 이 백두산에서 느끼는 것은 아니지만 꽃 이파리들을 보면 새삼 경이롭다. 이 악조건 속에서도 의연하게 피고 지는 모습이 말이다.

천지는 열려 있었고 우리는 환호했다. 아! 모두들 착한 사람들이 와서, 이성보 선생님이 단장이 돼서 와서 천지가 열렸다고 야단이다. 시간은 영겁이다. 오늘 바라본 이 순간의 기억들이 얼마나 오래 뇌리에 남아 있을까. 수도 없이 올라왔던 이곳에서 나는 2011년 연변 청마문학제에 함께했던 세 따님들의 천진난만했던 천지에서의 모습들이 떠오른다. 그 때도 이렇게 말간 하늘로 우리를 보듬었던 천지다. 이제 따님들은 올 수 없지만 마음으로라도 함께 했을 것이라 믿는다.

연변은 아직도 청마가 친일을 했다고 떠들어 대는 곳이다. 그러나 청마도 일제 강점기 창씨개명을 거부하고 멀리 하얼빈 연수현으로 와서 절명의 시간을 보냈던 사람이다. 그런 그가 친일을 했을까. 아니다. 정녕 아니다. 돌이켜보면 그가 남긴 주옥같은 시들이 그 때 쓴 생명의 노래들이다. 돌아오는 차창 너머로 꿈길처럼 긴 여운의 비행구름이 젊은 영혼의 청마인양 가볍게 스쳐 지나간다.

거제로 오는 버스 안에서 옥순선 회장을 비롯해 16명의 임원들 모두 즐거웠던 여행이었다고 회고했다. 세 명의 어리숙한 사람들이 핸드폰을 잃어 버려 찾느라 애를 먹었지마는 신기하게도 모두 다 다시 찾았다. 코 베어 가는 중국 땅에서 참 이상한 일이었다.

이번 백일장 진행을 위해 애쓴 이홍규 작가협회 회장과 심사위원들, 조선족학교 선생님들, 흥이 많던 하얼빈 문인들과 상공회의소 관계자들, 이대무 기자, 그리고 이번 북만기행에 걸음해 준 유족 대표들, 청마를 사랑하지 않고서는 감히 나설 수 없는 길이었을 텐데.

이 여름 길, 청마와 동주의 문학이 살아 숨 쉬는 현장에 함께 해준 모든 분들에게 감사한다. 그리고 세계적인 우리의 글이, 우리의 말이 중국을 비롯 자손 대대로 전해져 북만의 하늘을 쩌렁쩌렁 울리기를 기원해 본다. (2017년 여름)

청마, 길 위에 서다

북만 문학기행집 · 이금숙

02

길
위
의 인
생

몽골 그 여름날의 초상

징기스칸의 후예들, '허미'에 새벽은 열리고

세상을 살면서 우리는 일상의 생활을 탈피한 새로움과 도전과 경험을 꿈꾸며 산다. 낡은 틀 속의 나 자신보다 더 짜릿한 무엇을 갈구하는 마음은 젊거나 나이 듦에 상관이 없다.

여행을 떠나는 것도 어찌 보면 이런 모험심과 미지에 대한 동경심 때문일 것이다. 대평원과 끝없이 펼쳐진 초원의 땅, 별이 쏟아져 하늘과 땅이 맞닿아 살아 숨 쉬는 곳, 허브 향기 가득한 대지에 누워 달리는 말들의 울림을 느끼는 몽골은 그래서 한 번은 꼭 가보고 싶은 미지의 영역이다. 쉽게 접근하지 못하고 가도 날씨가 좋아야 제대로 된 초원의 아름다움을 볼 수 있는 곳이기에 여행 시기도 잘 선택해야 하는 곳이 몽골리아, 몽골제국이다.

대체적으로 몽골여행은 6월부터 9월 말까지가 적기. 8월 말이면 가을이 시작되고 10월이면 벌써 초원에 눈이 내려 겨울이 시작되기 때문에 몽골여행은 짧고 강렬한 태양빛과 같다. 중앙아시아 고원 지대에 위치한 내륙국가인 몽골은 한반도의 7배가 넘는 광대한 영토를 가지고 있으면서도 인구는 고작 300만명 가량 된다. 주로 유목생활을 하며 수도인 울란바토르는 몽골의 중앙 북부 오르혼 강의 지류인 툴라강 북안에 위치해 있다.

주요 관광지는 테를지와 흡수골, 우부르 한가이의 바얀고비 등이다. 아직까지 몽골여행이 많은 여행객들에겐 알려지지 않아 여행정보가 부족하고 호텔이나 부대시설도 원만하지 못하다. 최근 한국의 로타리클럽에서 지구 환경 살리기 사업일환으로 사막에 나무를 심기 위해 내몽골과 외몽골인 울란바토르를 방문한 것이 고작.

이번 우리들의 몽골여행은 거제도에서는 처음으로 한 여행단체가 가보고 싶어 해 준비됐다. 거제에서도 여행이라면 이골이 난 사람들이라 딱히 가야 할 곳이 없어 미얀마와 몽골을 선정해 선택한 코스가 이 일정이었다.

8월의 막바지 휴가일정에 맞춰 23명의 회원은 김해공항을 경유 인천공항을 통해 대한항공을 타고 울란바토르로 날아갔다. 기대 반 설렘 반으로 도착한 공항은 어두운 적막감만 나돌고 후덥지근했으며 사막의 열기가 그대로 전해져 오는 듯 했다. 1시간을 달려 도착한 시내의

몽골초원에서

호텔은 울란바토르에서 가장 최근에 지어진 5성급 호텔 블루스카이. 로비에는 결혼식을 올린 듯 한 남녀의 일행들이 여기저기 바쁜 모습들이고 우리는 현지 가이드의 안내로 방을 배정받고 여장을 풀었다.

잔뜩 흐린 날씨가 아침이 되자 활짝 갰다. 오전 첫 코스는 홉스테이 야생말 서식지이다. 버스를 타고 시내를 벗어나지 푸른 초원지대다. 몽골에서는 사회주의 국가인 관계로 지금도 자신이 사용할 땅에 대해서는 쓸 만큼 말뚝을 받고 국가와 임대계약을 맺으면 된단다. 헐 – 부동산업자들이 와서 보면 기함할 일이다.

차창 너머 양떼들과 말들과 목동의 힘찬 말발굽 소리를 꿈결인양 들으며 홉스테이로 갔다. 가는 길에 시범케이스로 심었다는 초원지대의 유채꽃 밭이 가히 환상적이다. 비행기로 씨를 뿌렸다는 유채 밭의 전경은 미래 몽골 초원의 대변혁을 예고하는 듯했다. 특히 이런 농사법이 한국 농촌진흥청을 통해서 이루어졌다고 하니 더욱 놀랄 일.

두 시간을 넘게 버스로 이동하고 다시 찝 차를 타고 30여분 더 달려서야 야생말 서식지에 도착했다. 마음의 문을 열고 잠시 나를 내려 나도 초원의 일부가 됨을 느꼈다. 얼굴을 스치는 바람, 햇살, 그리고 아찔한 허브향기. 문득 월리엄 워즈워드의 '초원의 빛'이란 시가 생각났다.

' … 초원의 빛이여! 꽃의 영광이여! 다시는 되돌려지지 않는다 하더라도 서러워 말지어다. 차라리 그 속 깊이 간직한 오묘한 힘을 찾으소서 …'

여기저기 사방에서 풍겨오는 허브 향에 내가 아로마 방에 들어와 있는 느낌이 들었다. 벌판에는 무수히 많은 야생화와 허브향이 나는 약초(쑥 같이 생긴 풀)가 지천에 늘려 있고 산언덕 위로 야생말 떼들이 한가로이 풀을 뜯는 모습이 말 그대로 천국에 온 느낌이다.

이것이 힐링인가. 사람의 마음을 편안하게 해 주는 이 느낌. 워즈워드의 시와 함께 워렌비티와 나탈리 우드가 출연했던 영화의 한 장면이 또 뇌리를 스치며 지나간다. 인간의 고뇌와 죽음이 이 광활한 초원에서는 얼마나 나약한 것임을 조금은 이해할 것 같다.

야생말 연구소단지라는 이곳에서는 몽골 정부가 직접 연구진들이 참여 야생말들의 생태와 습성을 연구하고 있다고 했다. 구리 빛 얼굴의 운전기사와 우리를 안내한 가이드의 눈빛이 살아서 번득인다. 마치 테무진의 후예임을 증명이라도 하려는 것처럼... 언덕너머로 흰 구름들이 푸른 하늘을 노 저어 가고 있다. 깊이를 알 수 없는 하늘 바다로 8월의 태양이 작열한다.

점심식사를 마치고 시내로 돌아가는 길에 일행들은 양떼들과 노오란 유채밭에서 사진도 찍고 담소도 나누며 힐링을 했다. 오후에는 테를지로 이동하여 게르에서 하룻밤을 묵는단다.

말 그대로 초원에서의 하룻밤이다.

몽골초원지대의 유채꽃

테를지에서 만난 젊은 초원의 미소 인상적

일행은 다시 울란바토르로 돌아와 북쪽 테를지 국립공원으로 향했다. 도시를 벗어나면 말 그대로 초원이다. 부근엔 신도시 개발과 도로 건설로 여기저기 공사현장이 눈에 띄고 언젠가 TV에서 봤던 탤런트 유통씨의 방송기사도 봐 왔던 터라 게르와 작은 집들이 옹기종기 모여 있는 마을들이 낯설지가 않는 느낌이다.

1시간을 달렸을까. 큰 도로변에 테무진 징기스칸의 동상이 걸려 있는 공원에 다다랐다. 높이를 가늠할 수 없는 거대동상이 초원을 지키고 섰다. 가이드의 설명에는 이 주변이 관광지로 개발될 계획이란다. 몇 년 후 이곳에는 갖가지 모양의 석조물과 몽골을 상징하는 건축물이 들어서 있을 것이다. 초원을 초원이 아닌 또 다른 관광지로 바꾼다는 것이 어떤 의미인지는 모르지만 여기저기 벌판가득 피어있는 야생화를 보면서 이 꽃들의 향기가 그냥 초원에 남아 있기를 바랬다.

우리는 다시 가던 길을 되돌아 나와 테를지로 향했다. 작은 언덕을

징기스칸 동상

넘자 언덕아래 풍경이 기가 막히다. 남쪽에는 사막이 있고 북쪽에는 산과 강이 있는 몽골의 광활한 대지, 우리가 생각하던 초원이 전부는 아니었다. 자작나무 숲이 우거진 마을과 강기슭이 오아시스를 연상시킨다. 그 길을 끼고 30여분 갔을까. 바위와 산이 병풍처럼 둘러쳐진 테를지 국립공원이 눈에 들어왔다.

벌써 가을이 오고 있는 산림엔 노오란 단풍들이 눈에 띄기 시작했다. 이 모든 풍경들이 그저 경이로울 뿐 달리 할 말이 없다. 먼저 본 초원의 빛과는 무언가 다른, 여기저기 게르 천막촌이 관광객들의 발길을 기다리고 있고, 말을 타고 초원을 달리는 여행자들의 힘 찬 숨소리에서, 말몰이꾼들의 허미에서, 나는 지구 심장 중앙아시아의 정기를 느낄 수 있었다.

넓은 초원에서 일행들이 말을 타고 달리는 동안 나는 초원의 숲에서 숲의 향기를 마셨다. 이름 모를 들꽃들, 그 꽃들의 아우성과 반란, 키 작은 풀잎들의 흔들림, 신기한 약초들까지 주워들은 내 얇은 지식 밖의 꽃과 풀들을 보며 사람의 병을 치유하는 약들이 이곳 자연에 있음을 다시 한 번 알게 됐다. 몽골은 꿈의 도시다. 조금은 긴 겨울이 지치고 힘들지라도 눈에 보이지 않는 지하자원과 풍부한 자연자원을 가진 이 나라의 미래는 내가 보기에도 대박 맑음이다.

2시간 넘게 초원을 달리다가 온 일행들은 말이 무서워서 못 타겠다던 처음과는 달리 엄청 재미있어 하는 눈치들이다. 각자 말에서 내려 말 탄 소감들을 애기하느라 야단들이다. 다시 산을 넘어 우리가 숙박할 게르로 가는 도중에 국립공원 여기저기를 둘러보았다. 석양에 물든 거북바위, 책 읽는 바위, 거대한 바위산에 둘러싸인 평원과 분지, 이름 모를 양떼와 목동들, 그들의 긴 여운을 남기는 노랫소리.

몽골 유목민 흡수골 '게르'

산악지대에 펼쳐진 몽골초원

모두가 이 몽골의 일부이다. 게르는 다른 여러 단체 손님과 쓰게 되었는데 2명에서 4명씩 크기에 따라 배정을 받았다. 우리팀은 총 7개다. 짐을 옮겨 놓은 뒤 저녁 특식인 양고기 갈비찜을 먹으러 갔다. 통감자에 양고기를 푹 찐 이 음식은 몽골 최고의 음식으로 알려져 있지만 우리가 먹기엔 좀 그랬다. 그래도 내가 가져간 한국의 김치, 고추장, 멸치들이 있었기에 풍성하게 먹을 수 있었다.

밤이 되자 직원들이 와서 게르에 난로를 지펴 주었다. 쌀쌀한 밤공기가 가을이 깊어 옴을 실감케 했다. 늦은 밤 가로등 불이 꺼지길 기다려 밤하늘의 별을 보려고 했지만 구름이 하늘을 가린 날씨는 우리에게 별이 쏟아지는 몽골의 하늘을 보여주려 하지 않았다.

새벽 2시쯤 우리 게르 입구까지 쳐들어 온 소떼들 때문에 혼비백산했다. 놓아둔 음식 박스 냄새가 소떼를 불러들인 셈이 됐다.

이른 아침 뒷산으로 산책을 가는 길에 목동의 긴 허미 소리를 들었다. 말을 달리며 초원을 가르는 허미의 아름다운 음률이 내 가슴을 멘붕으로 만들었다. 여기에 이렇게 멋진 노래를 부르는 남자가 있었나? 천상의 소리 같은 허미가 멘탈을 깨우고 있음을 온 육신으로 느꼈다. 그 새벽에....

일행은 다시 도시인 울란바토르로 돌아와 인근의 사찰과 관광지를 둘러보고 국립 오페라 하우스에서 그들의 문화를 집약한 공연을 관람했다. 그곳에서 징기스반 후예의 원대한 꿈을, 허미의 혼을 실은 노랫소리를 나는 들었다. 여운이 가시지 않은 충격 속에서 우리 일행은 몽골의 중심광장이 내려다보이는 블루스카이 호텔에서 또 하룻밤의 여정을 풀어 놓았다. 각기 삼삼오오 짝을 이뤄 좋은데이 한 잔에 여독들을 푼다.

내일은 다시 한국으로 돌아가는 날, 남쪽의 사막과 서쪽의 흡수골과 호수를 못보고 떠나긴 하지만 언젠가 다시 한 번 더 오면 되리라 생각했다. 너무 넓은 몽골은 두 번은 더 다녀가야 할 곳, 초원이 다양한 모습으로 변모되기 전 나도 이곳에다 말뚝을 박고 내가 살 집 하나 지어 놓고 싶은 곳. 몽골 가이드의 해맑은 눈웃음과 기사님의 듬직한 어깨 너머로 우리에게 보여주던 친절과 미소의 의미가 다시 생각나게 할 것 같은 ... 몽골은 그런 나라였다.

매년 6월쯤 초원의 꽃이 만발할 때나, 9월 중순 가을이 깊어 질 때, 꼭 몽골을 찾아오라던 가이드의 말을 생각하며 짧은 4박 6일의 여정을 마무리하는 나에게 가이드는 예쁜 가죽지갑을 사 갈 것을 권했다. 가죽과 양털이 유명한 이곳의 기념품은 그런 것들이라며... 서툴지만 예쁘게 우리말을 하던 그 가이드와 한 해가 저무는 이 저녁 노을을 보고 싶다.

지금은 흰 눈에 덮여 양떼들도 말들도 조용히 겨울을 나고 있을 중앙아시아의 초원에도 태양은 비칠 것이다. 우리에게 많은 것을 내 놓았던 푸른 하늘도 초원에 별을 쏟아 붓겠지.. 외롭다고 느낄 때마다 가까이 두고 읽고 있는 혜민 스님의 책『멈추면 비로소 보이는 것들』의 맨 처음 페이지를 펼치면 거기 이런 말이 있다.

"남 눈치 보지 말고 나만의 빛깔을 찾으세요. 당신은 세상에서 가장 소중한 사람입니다."

그리고 "내가 없어도 세상은 잘만 돌아갑니다. 놓으세요. 나 없으면 안 될 거라는 그 마음"

그렇다. 여행은 나를 돌아보게 하고 나를 놓아버리는 연습을 하게 하는 그런 삶의 한 순간들이다. 멈추고 서서 뒤돌아보아야 비로소 나를 볼 수 있는 이 시간들을 우리는 소중하게 여기며 살아야 할 것이다. 거기에 어디든 함께 여행의 동반자가 되어주는 가족, 남편, 아내 친구들의 인생에 스스로가 초원의 작은 풀꽃 같은 향기로 남겨지기를 원한다면 행복해지자. 내가 먼저 행복해지고 남에게도 행복을 선물해 보자.

여행길에 벗이 되어 준 엄마들의 환한 미소와 허기사님의 여행 총무로서 챙기시던 그 마음이 지금도 남아 또 다른 나의 여행에 등불이 되어 주고 있다. 뱀띠해의 마지막을 보내면서 몽골을 추억하는 모든 사람들에게 새해 인사를 전하고 싶다.

"초원의 빛이여, 꽃의 영광이여…"

"진심으로 청마의 해 대박 나시고 큰 기운 받으시기를 소망합니다."

(2014년 8월)

운남 여강 상그릴라 그 그리움의 빈자리

옥룡설산에서 바라본 천상의 비경들

여갈 고성에서

이렇게 눈이 많이 오는 날이면 히말라야의 한 쪽 끝 상그릴라가 그리워진다. 여강, 옥룡설산, 매리설산, 란찬강(금사강), 그리고 장예모 감독의 인상 여강쇼....

옥포 어느 커피점에 들렀더니 거기 여강과 옥룡설산의 아름다운 풍경이 있었다. 내 마음 깊이 언제나 몽환속의 신기루 같은 곳, 부산에서 이곳으로 가려면 먼저 상해나, 북경, 서안, 곤명을 경유하던지, 중국 현지에서 국내선을 이용, 여강으로 바로 갈 수 있다.

곤명(쿤밍)을 차마고도의 시작이라고 하는 이유는 운남성의 성도가 곤명이기 때문이다. 사시장철 봄의 고장 곤명, 그래서 붙여진 이름도 춘성春城이다. 인천에서는 곤명공항까지 가는 직항(3시간 40분소요)이 있고 곤명에서 다시 여강(1시간)이나 중전까지를 비행기 아니면 버스(11시간)를 타야 갈 수 있는 곳이 여강이고 상그릴라다.

중국 서남족 변방에 위치하며 베트남, 라오스, 마얀마 3국과 국경을 접하고 있는 운남성은 해발 1900미터의 운귀고원 중부에 자리 잡은 2400년의 역사를 지닌 아름다운 곳이다. 우리나라에선 3년 전 차마고도車馬古道 다큐멘트리가 방영되면서 알려진 실크로드보다 더 오랜 역사를 지닌 보이차와 마방의 고향故鄕. 연평균 기온이 14도에서 21도 사이를 유지하고 있어 언제나 봄철 같은 이곳은 25개 소수민족이 소박하면서도 독특한 자기들만의 민속과 풍속을 공유하며 살아가는 보금자리이다.

　지난해 거제팀들을 모시고 내가 찾은 곤명은 봄부터 11월까지 모두 여섯 번이었다. 여강의 물길을 보는 아름다움이며 대리고성, 옥룡설산, 티벳의 이국적인 문화를 두루 볼 수 있고 느낄 수 있어 중국의 마지막 여행지로 실크로드나 라싸를 추천하곤 하지만 나는 매리설산이나 이곳을 먼저 추천하고 싶다.

　운남, 그곳은 제임스 힐튼의 소설 '잃어버린 지평선'에 나오는 이상향이자 상그릴라이다. 옥포 커피점에서 본 여강의 물길이 가슴을 흐르는 것 같아 사진을 붙잡고 묻자, 커피점 아가씨가 "정말 다시 가고 싶은 곳"이라고 살짝 귀뜸해 준다.

　"맞아요 언젠가 꼭 다시 가고 싶은 곳이예요"

　커피점 아가씨는 누구신데 이곳을 아냐고 물었지만 나는 대답하지 않았다.

　사진 한 장에, 잠시 잠깐의 그 미소 속에 둘은 벌써 상그릴라 그 아름다운 동네에 이미 가 있었다. 누가 알까? 자연은 사진 한 장에 많은 사람들을 정화시키고, 그곳으로 오라고 손짓하고 있음을.

　빙천 케이블카를 타고 올라간 옥룡설산에서 바라본 운남성의 구름아래 초원지대가 그리움으로 다가온다. 운삼평 케이블카를 타고 걸었던

여강의 차마고도 길

원시림과 태고의 신비를 간직한 숲의 애잔함, 운무 속에 피어나던 이름 모를 꽃들의 향연, 정말 잊을 수 없는 자연의 비경을 어찌 말로서 표현할까.

내려오는 길에 들러서 본 장예모 감독의 인상 여강쇼. 대자연인 옥룡설산을 배경으로 700명의 출연진이 펼쳐놓은 중국의 대서사시 인상 여강. 항주에서 보았던 송성 가무쇼 공연과, 계림 양삭에서 보았던 인상 유삼재는 장예모 감독만이 연출할 수 있는 중국의 국보급 작품이 아닐 수 없다.

안개와 비바람 속에서 지켜본 1시간 30여분의 인상 여강은 여행객들의 머리에 긴 여운을 남겼다. 태족의 동파문화(상형문자를 쓰는 사람들)와 나시족 사람들의 삶, 백족 사람들이 살아가는 모습 모두가 우리에겐 먼 이국의 풍경으로 다가온다.

옥룡설산을 마주하고 굽이쳐 흐르는 금사강이 내려다보이는 차마고도와 호도협, 세상에서 제일 멋진 풍경의 화장실을 보유한 중도객잔의 아련한 모습이 눈에 선하다. 그리고 어제인 듯 오늘, 추억인양 그곳이 그리워진다. 이렇게 춥고 눈이 내리는 날에도…

언제인가 더 긴 시간이 주어진다면 멋진 인연을 만나 다시 여강의 물길과 아름다운 자연을 만나러 가고 싶다. (2016년 여름)

차마고도
중도객잔

동양의 베니스 '중국 서당'

구룡봉주九龍捧珠 팔면내풍八面內風의 천년고도千年古都
수로水路따라 가다 보면 천국이 바로 이곳

서당西塘은 중국 상해 인근의 소주와 주가각처럼 수로로 이어진 운하의 도시. 그래서 붙여진 이름도 동양의 베니스다. 바다와 인접해 있는 강남의 수향이며 사람들은 산이 없는 평지에 물길을 만들어 마을과 마을을 잇고 생활하며 살고 있다.

천년고도千年古都로, 구룡봉주(九龍捧珠-용 아홉 마리가 구슬 하나를 받들고), 팔면내풍(八面內風-여덟 방향에서 바람이 불어온다)으로도 불릴 만큼 주변경관과 자연풍광이 아름답다. 인근의 항주, 소주, 주가각 등과 더불어 중국 절강성, 강소성 일대 팔대 고진古鎭 중의 하나이며 수로를 끼고 있는 마을전체가 명,청대 건축물로 많은 건축 학자들이 고건축의 희소가치가 높은 지역으로 꼽고 있다.

최근 톰 크루즈 주연의 '미션 임파서블3' 촬영지로 더욱 유명해진 이곳은 좁은 수로를 따라 이어진 전형적인 중국의 문화와 전원 분위기를 그대로 느낄 수 있는 아름다운 도시다. 시끌벅적한 상해의 예원이나 남경로, 동방명주 타워 등과는 비교할 순 없지만 노 젓는 뱃사공의 노랫소리와 새벽 아침을 휘돌아 가는 물안개와, 하얀 벽에 걸려 있는 붉은 홍등의 정경과 그윽한 차향으로 더 애잔하게 사람의 마음을 붙잡는 그 무엇이 살아 숨 쉬는 곳.

서당의 낮과 밤

    살고 있는 사람들 모두 주로 어업과 농사일에 종사하고 있어 시내만 벗어나도 넓은 평야에 전원적인 농촌풍경이 이채롭다. 특히나 봄이면 노란색의 유채꽃이 수로를 따라 드리워진 수양버드나무와 묘한 조화를 이루어 한 폭의 수채화를 보는 느낌이다.

    서당은 그래서 더 정이 가는 관광지이다. 운하 위의 무지개다리에서 내려다보는 물길은 주변 집들과 찻집과 수로를 오가는 배들 때문에 은은한 향기로 다가온다. 좁은 골목을 끼고 형성된 먹거리 장터와 찻집, 나무뿌리조각 박물관, 단추박물관, 기와 박물관과 더불어 할머니가 손

수 만든 뜨개 신발이며 인형, 핸드폰 줄부터 각양각색의 악세사리 가게가 중국의 풍물들과 함께 볼거리를 제공한다.

서당은 여유를 가지고 천천히 이곳저곳을 둘러봐야 여행의 재미를 쏠쏠하게 찾을 수 있는 곳이다. 몇 번의 방문 때마다 가게에 들러 스카프와 찻잔과 물고기 벽걸이와 주전자를 샀다. 어쩌면 꼭 물건을 사기보다는 그 가게에서 빚어낸 중국의 전통문화와 장인들의 향기를 더 품고 싶어서였는지 모르겠다. 한 달에도 몇 번씩 오가는 중국 땅이지만 왠지 서당은 다시 찾고 싶은 중국 운남성의 여강과 같은 이미지를 갖고 있다.

짧은 여정 속에 가끔씩 만나는 이 아름다운 향기들은 무엇을 의미할까. 카인과 아벨의 영화 촬영지인 주가각과 서당은 고진古鎭의 느낌을 오래도록 갖게 하는 동시에 붉은 홍등에서 흘러나오는 불빛으로 인해 표현할 수 없는 야성이 침잠해 있는 것 같은 착각을 갖게도 한다.

어디서 왔는지 한 무리 오리가족들이 배 주위를 맴돈다. 강을 끼고 사는 사람들의 심성도 아마 이 오리들을 닮아 유유자적일 것이다.

서당에 오면 우리 모두 잊혀 진 추억 하나쯤 떠올릴 수 있을까. 이수익의 '우울한 샹송'에 나오는 싯귀처럼 우리 모두 잊혀 진 얼굴들처럼 모르고 살아가는 남이 되기 싫은 까닭에, 이곳에 와서 아주 오래된 향기를 기억하고 싶은지 모르겠다.

사람마다 저마다 아픈 사연들 하나 둘을 갖고 살겠지만 떠나와 되돌아보면 그마저 인생의 한 조각이고 일부분이었다는 걸 깨닫게 됨을 느낀다. 오월의 무지개 다리위로 바람이 분다. 바람에 분홍빛 장미꽃 꽃비가 내리고 그 꽃비 너머 서당의 천년 모습이 안개로 피어오른다.

그래, 오늘이 가고 또 내일이 오면 서당의 오래된 질그릇처럼 그리운 사람하나 내 기억 속에 살아있지 않을까. (2012년 봄)

앙코르의 미소 그 영원한 신비

캄보디아 앙코르의 미소

　미소의 나라 캄보디아를 생각하면 제일 먼저 세계 7대 불가사의 중의 하나인 '앙코르 왓'과 영화 '킬링필드'가 떠오른다. 킬링필드가 죽음과 학살과 고통의 산물이라면 앙코르 왓은 인간이 만든 가장 불가사의한 건축물이라고 할 수 있다.

　신과 죽음과 현대와 과거와 미래가 공존하는 칙칙하면서도 외면하기 힘든 생명과 부활의 신비가 깃들어 있는 땅. 캄보디아는 그런 곳이다.

한국에서 캄보디아를 여행하기 위해서는 부산에서 매일 운항하는 베트남 항공을 통해 호치민시를 경유하던지 아니면 하노이를 경유 씨엠립으로 갈 수 있고 그렇지 않으면 주 4편 직항으로 운항 중인 대한항공과 태국을 경유해서 육로로 캄보디아를 갈 수도 있다. 수도인 프놈펜은 톤레샵호수와 메콩강, 바삭강의 접합점에 위치하고 있지만 우리나라 여행객들은 프놈펜보다는 캄보디아에서 세 번째로 큰 도시인 씨엠립을 더 많이 찾고 있다. 이유는 씨엠립에 그 유명한 앙코르 왓이 있기 때문이다.

앙코르 왓은 9세기부터 15세기에 이르기까지 광대한 인도차이나 반도와 태국의 일부를 지배했던 크메르인들이 독자적인 우주관과 신앙심을 바탕으로 크메르 제국의 수리야 바르 2세가 힌두교의 비시뉴 신과 일체화한 자신의 사후 묘로 건축한 사원이다. 웅장하고 정교한 건축물은 그곳을 직접 보지 않고는 말할 수 없을 만큼 경이로움 그 자체다. 한 때 프랑스의 식민지로 있었던 이유 때문에 캄보디아의 모든 법과 사회규범은 프랑스식으로 만들어져 있다. 호텔도 그렇고 공항의 수속과 절차들도 프랑스식이다. 그래서인지 사람들의 습관도 동양적이기보다는 서양식에 더 가깝다.

시내를 둘러보면 아직도 우리나라 60-70년대 농촌을 연상하게 하고 폴포트 정권 당시의 피폐해진 모습이 역력하지만 현대화의 진행속도가 서서히 몰려오고 있는 씨엠립 시내를 정작 돌아보면 그 말이 실감난다. 그래도 여기저기 산재한 사원들로 인해 불교문화의 진수를 보여주는 생각이 먼저 드는 것은 왜일까?

사계절이 여름인 베트남과 캄보디아를 여행하기 위해서는 우선 그 지역의 기후와 우리나라의 계절을 먼저 따져보는 것이 중요하다. 그리

고 우기보다는 건기시기인 11월부터 이듬해 2월까지 시기를 맞춰 여
행을 떠나는 것이 쾌적한 여행을 할 수 있는 첫째 조건이다.

소승불교인 캄보디아는 현재 입헌 군주제로 크메르어를 사용하고 있
지만 10 수년간 내전의 종식과 더불어 정국안정의 기대감 속에서 여행
자와 외국투자가들이 늘어나고 있는 추세다. 이 때문인지 공항을 가보
면 눈에 띄게 외국인 여행자들의 방문이 늘고 이에 따른 공항관리들의
업무 모습도 갖가지다. 중국처럼 되는 것도 없고 안 되는 것도 없는 나
라. 입국비자를 받더라도 돈만 있으면 수속도 없이 드나들 수 있는 게
캄보디아 공항에서만 볼 수 있는 진풍경이다.

원칙을 고수하는 외국인들과 심심찮게 실랑이를 벌이고 있는 관리들
을 볼 때면 좋은 게 좋다는 우리 여행객들의 모습과 너무 대조적이어
서 웃음이 절로 난다.

씨엠립 주변의 호텔들은 그런대로 묵을만하다. 수영장도 있고 식사
도 아침은 뷔페식이라 별 무리가 없다. 순박한 크메르인들은 항상 웃
음을 잃지 않는다. 그리고 시내에서 만나는 사람들 모두 가난을 우리

들처럼 힘들어 하지도 않고 주어진 환경에 순응하며 산다. 흙먼지가 날리는 시내에서 앙코르 왓을 가는 길이 한국의 노무현, 이명박 대통령이 다녀가고 난 뒤 아스팔트로 바뀐 것도 이 사람들에게는 행복이다.

앙코르 톰은 '큰 도시'를 의미하며 기존의 사원과 왕궁 주위에 자야바르 7세가 성벽을 세움으로서 왕성을 요새화 하는 역할을 했다. 총 면

앙코르 왓 사원 부조

앙코르 왓

적이 144킬로평방미터, 외각으로 폭 100미터의 해자로 둘러싸여 있다. 예전 제국시절에는 약 100만 명 이상의 주민들이 이 도성 안에 살았다고 하니 가히 짐작할만하고 그 안에 바이욘 사원과 레퍼왕 테라스, 코끼리 테라스, 바푸온 사원등 유명한 유적과 사원들이 남아있다. 또 앙코르 왓은 1860년 프랑스의 동식물 학자인 '앙리 무어'가 발견하여 세상에 알려지기 전까지 600년이 넘게 원시림 속에 파묻혀 있던 인류 최고의 문화유산이자 아직까지 그 건축기법이 풀리지 않은 수수께끼로 남아 있을 만치 불가사의한 건축물이다.

1999년 여행전문지 트레블러지가 선정한 여행자들이 살아생전 가봐야 할 50대 유적 중 가장 으뜸으로 쳤던 앙코르 왓은 신과 우주와 인간과의 교감을 통해 신앙심을 갖게 한 곳으로 그 만큼 앙코르 왓이 주는 감명은 세계 그 어떤 유적보다도 뛰어나다고 할 만하다. 거대한 사원이란 뜻의 앙코르 왓은 사방둘레가 1.5킬로미터에서 1.8킬러미터의 해자로 둘러 처져 있고 중앙입구에서 사원 내까지는 355미터의 긴 보도가 중앙 탑까지 세 겹으로 둘러싸여 있어 사원이라기보다 동양의 왕궁 터를 연상하게 한다. 130여개나 남아 있다는 사원들을 모두 다 둘러볼 수는 없지만 매번 올 때마다 이 밀림 속에다 이런 사원을 건축했을까 하는 의문점을 떨쳐버릴 수가 없다. 무너진 제국과 함께 600년이 넘도록 정글 속에서 산뽕나무와 열대식물들에 뿌리박혀 인고의 세월을 견뎌낸 모습에서 날렵한 요즘 사람들의 가벼운 삶의 모습이 자꾸 떠오른다.

무거운 돌을 보면서 무겁지 않은 까닭은 옛 조상들이 남긴 흔적이 눈물이기 때문이고, 상처이기 때문이다. 언젠가 칠순이 넘어서 다시 이곳에 올 때쯤에는 나도 영원을 생각하는 그런 사람이 되어 있을까.

(2013년 가을)

터키의 꽃 카파도키아를 보다

스머프 집 닮은 기암괴석 감탄 절로
지하 동굴수도원, 그리스도인들의 성지로 유명

젊은 시절 상사한테 혼나고 짐 보따리를 싸들고 무작정 떠난 곳이 화순의 운주사였다. 황석영의 소설 '장길산'의 무대가 되었던 그곳을 꼭 한번 보고 싶어서였다.

소설 속에 민초들의 꿈인 천불상이 일어서는 날, 새 세상이 온다고 믿었던 사람들은 마지막 와불 하나를 일으키지 못하고 그 새벽의 여명 속에 갇혀 버렸다. 그 때 나는 제멋대로 생긴 불상들을 보며 운주사의 와불이 일어서기를, 그래서 언젠가는 새로운 세상이 열릴 수 있기를 부처님께 기원했다.

그리고 두 번째 떠난 내 삶의 일탈은 터어키였다. 많은 해외 여행지를 둘러보았지만 내 혼을 훔칠만한 가슴 떨리는 곳은 별로 없었다. 그러나 터키, 그 중에서 카파도키아 그곳은 달랐다. 동서양의 문화가 공존하고 종교를 통해 인간의 정신이 해탈을 꿈꾸게 하는 영혼의 그 무엇이 존재하는 땅.

터키 중앙의 고원지대에 자리 잡고 있으면서 실크로드의 중간 거점으로 동서문명의 융합을 도모하고 대상들의 교역로이기도 했던 카파도키아는 인류 최초의 정착지라는 의미를 떠나 에페소처럼 기독교의 성지로 알려진 곳으로 박해와 탄압을 피해 암굴을 파고 그리스도의 정신을 이어간 수도자들의 삶이 그대로 묻어 있는 곳이다.

양귀비밭

　초원을 가로지르는 수많은 양떼와 말들, 그 사이로 붉게 피어 나그네의 혼을 훔치는 양귀비꽃, 올리브 나무의 초록빛 이파리, 그리고 광주리 가득 담아 군침을 삼키게 하는 붉은 체리의 맛까지 정신을 아득하게 하는 카파도키아는 현재도 발굴이 진행 중인 유적지이다.

　어디를 가나 들꽃이 지천으로 피어 있는 목가적인 풍경이 중앙아시아 대초원의 진수를 느끼게 한다. 비행기로 이동하지 않고 버스로 이동하는 코치투어나 배낭여행을 해야만 만끽할 수 있는 자연과의 대화가 이곳에서는 가능하다고 하면 믿어질까.

　호수 전체가 소금으로 뒤덮인 소금호수를 지나 도착한 카파도키아는 개구쟁이 스머프에 나오는 버섯모양의 집들이 옹기종기 모여 있는 요정의 고향 같았다. 자연이 빚어 놓은 건축물이 이처럼 다양할까. 노랗고 하얀 석회암이 인간의 손으로는 만들 수 없는 창조물을 어떻게 이렇게 만들어 놓았는지 눈을 뗄 수가 없다. 물고기가 산으로 떼를 지어 올라가는 모습이며, '요정의 굴뚝'이라고 불리는 괴레메의 버섯집들이

괴르메 야외박물관

신기하고 신기할 뿐이다.

동굴교회와 야외박물관이 자리한 곳에서 멀리 바라다 보이는 에르지에스산은 아직도 눈에 덮여 있고, 유월의 오후 날씨는 비를 뿌리며 관광객들을 동굴 안으로 불러들였다. 벽화와 더불어 인류의 살아온 발자취가 거기 남아 있다. 이 동굴에서 사람들은 어떻게 살았을까. 꿈이다. 지금 내가 보고 있는 이 모든 것은.

이토록 아름다운 풍경의 내면에 자리 잡은 수도자들의 삶의 현장은 내가 이제껏 살아온 날들을 뒤돌아보게 했다. 항아리 케밥에, 동굴안의 식당분위기에, 모두들 와인 한잔에도 흥이 나서 춤을 춘다. 여행은 이런 것이다.

안탈야나, 첼소에서 느낀 지중해의 아름다운 풍경과 석조 건축물의 웅장함은 아니더라도 중앙고원에서 불어오는 바람의 향기 따라 오렌

괴르메 버섯봉우리

지 빛 체리 향으로 다가오는 카파도키아의 아름다운 추억을 잊을 수가 없다.

마음이 지치고 외로울 때 누구든 한번쯤 이국의 정취를 느끼고 싶거든 터키로 가보라. 코발트색 푸른 하늘, 하얀 파묵깔레의 성채, 밸리댄스와 세마춤, 알렉산더 대왕이 넘었다던 토로스산맥과 지중해의 푸른 물빛도 가슴으로 다가오는 향수들이다.

가을 쯤, 보스포러스 해협을 내려다 볼 수 있는 이스탄불에 다시 한 번 가고 싶다. 거기서 어쩌면 내가 만나지 못한 사람들에 대한 이야기를 어깨너머로 들으며 카파도키아의 가을을 느끼고 싶다. (2015년 8월)

중국 하남성 태항산 중원의 그랜드 캐년을 보다

지난 3월 일본 대지진이 있던 날, 나는 중국의 심장부인 중원 땅에 있었다. 삼국지에 등장하는 중원, 그곳이 어딘지를 몰랐다가 북경에서 4시간 고속열차를 타고 하남성에 도착하고서야 중원이 하남성 임을 알게 됐다.

아직까지 한국 사람들에겐 잘 알려지지 않은 땅, 인근에 개방, 정주, 낙양, 그 유명한 소림사와 숭산, 용문석굴이 있다는 것도 와서야 알게 된 중원 황토고원. 우리나라의 두 배나 되는 하남성과 하북성, 산서성을 가로지르는 500키로미터가 넘는 태항산맥이 뻗어 있는 중원은 온통 푸른 밀밭과 붉은 돌과, 장가계와 황산과 구채구를 합쳐 놓은 듯한 풍경들로 나그네의 발길을 압도했다.

세상에, 이런 곳이 또 있었다니... 중국이란 나라는 도대체 어디까지 나를 놀라게 할 참인지 말문이 막혔다. 신향에서 이틀 밤을 묵고 밀밭길을 따라 구련산, 운대산을 거쳐 임주에 도달했다.

태항산 대협곡의 관문이기 때문이다. 굽이굽이 돌아가는 길이 아직 완성이 덜 되었음인지 안개 속에 보이는 주변들이 정리가 안 된 상태다. 그래도 멀리 보이는 산맥들을 따라 눈길을 돌리면 태항산이 유네스코가 지정한 세계지질공원임을 실감하게 된다. 말로는 표현 할 수 없는 산세와 웅장한 산, 계곡을 따라 자리 잡은 마을들이 티벳의 어느 마

을과 흡사하다.

　모든 것은 돌로 시작해 돌로 끝난다. 집도 지붕도, 마을길도, 밭둑
도, 돌담마저도 그냥 돌로 된 시설들이다. 왕삼암은 직벽에 계단을 놓
아 오르는 코스로 어지간한 담력이 아니면 오르지 못한다. 그리고 도
화곡은 아예 계곡에 좁은 사다리 같은 철 계단을 걸쳐 놓아 2시간 동
안 계곡사이를 오르내리게 한다. 감히 상상하지 못할 자연과 인간의 절
묘한 조화다.

　봄이 오는 산 계곡 능선마다 개나리와 복사꽃이 만발해 나그네의 눈
길을 사로잡고 있다. 해발 2000미터가 되는 능선을 따라 수백 미터가
넘는 직벽의 절벽 위에 밭을 일구고, 집을 짓고 사는 원주민들의 삶이
곡예사 같다. 빵차를 타고 대협곡의 정상을 따라 절벽 길을 돌아오는
기분은 상쾌, 통쾌 그 자체다.

　바위를 뚫어 만든 길은 장가계 귀곡잔도와 천문동을 오르는 길을 연
상하게 한다. 사람이 아니라 신이 만들어 놓은 길을 따라 트레키너들

이 걸어가고 우리는 한국의 몇 번째 안 되는 관광객이 되어 빵차를 타고 돈다. 야생 감나무와 산의 그림 같은 조화가 중국 아트학교 학생들의 수채화, 산수도 스케치 연습장소라니 이해가 갈 만하다.

삼국지에 나오는 나라들이 중원을 얻기 위해 이 산맥을 끼고 싸웠다는 옛 기록들이 거짓이 아님을 알겠다. 그리고 중국의 황제가 되기 위해서는 중원을 자기 땅으로 만들어야 했기 때문에 나라의 패권을 가름하는 전쟁에는 수단과 방법을 가리지 않았다 한다.

사람이 북적거려 사고가 난 줄 알았는데 방사능 오염에 좋다고 이 광활한 평원의 황토 고원 땅에도 소금을 사려는 중국인들의 발길이 줄을 섰다. 산에서 나는 버섯류와 목이, 산초, 산자나무 열매가 많이 나는 곳이라고 가이드가 귀뜸해 준다.

염소와 함께 노는 까만 눈동자의 아이들의 천진난만한 모습에서 중국의 미래가 싱그럽다. 떠나와 보면 고향이 그립지만 이곳의 아름다움은 한적하고 호젓한 시골의 풍경을 그대로 닮아 애잔하기까지 하다. 산 정상에서 바라다 본 대협곡의 그림은 그랜드 캐년을 그대로 빼다 박았다.

늘상의 여행 일정이 그렇듯, 내일은 운대산이다. 발길 닿는 대로 길을 가다보면 그 기 쉰 넷의 내 모습이 초상처럼 따라와 그림자로 남겨져 있다. 꿈길인양. (2014년 10월)

태항산 비룡폭포

진시황과 양귀비의 흔적을 만나다 -서안

봄이 오고 있다. 유난히 추웠던 겨울날씨 덕분에 따뜻한 봄 햇살이 주는 따스함이 더욱 피부에 와 닿는다. 삼월의 마지막을 안고 오랜만에 봄을 만나러 가는 여행이라 여간 설레는 게 아니다. 방랑벽이 도져 무심無心의 마음을 이렇게 또 흔들어 놓는다.

엊그제 중국 영화를 보다 서안의 풍경이 눈에 들어왔다. 예로부터 장안이라고 불리는 서안은 인류문명과 중화민족의 발원지 중 하나로 중국 7000년 전 신석기시대부터 반파선민들이 살았던 흔적과 진시황을 비롯한 중국황제들의 역사가 고스란히 담겨 있는 고대문화의 산 현장이다.

중국의 역사 속에 거제와 연관된 황제가 있다면 아마도 진시황제일 것이다. 47세의 나이에 삶을 마감한 그가 불로장생의 영약을 찾아 서귀포와 거제까지 신하를 보냈던 것은 단지 전설로만 전해지는 그 이유 때문 만이었을까.

얕은 산 전체가 석류 밭으로 둘러싸인 진시황릉, 지하궁전, 병마용갱과 박물관의 웅장함, 비림박물관, 섬서 역사박물관, 당나라 현장법사가 경서를 번역했던 대안탑, 불교성지 법문사, 황제들의 거처와 피서지였던 아방궁, 미앙궁, 대명궁, 장낙궁, 그리고 중국 4대 미인 중의 한명인 양귀비와 당 현종이 사랑을 나눴던 화청지,

이 모든 곳들을 둘러보고 나면 머리에 남는 건 무거움이다. 세월이 비껴간 자리에 덧없이 남겨진 그들의 깨알 같은 슬픔들. 무거우면 무거운 만큼, 가벼우면 가벼운 만큼, 걸음걸음 피부에 전해지는 느낌은 긴 역사를 안고 산 그들의 눈물이고, 한숨이고, 목구멍을 넘나드는 가래 같은 걸쭉함이다.

서안 대안탑

3월의 하늘 아래, 봄빛을 머금은 고성 벽을 걷고 있노라면 먼 옛날 실크로드를 따라 서역을 넘나들던 사람들의 얘기가 귓전을 맴돈다. 진시황제의 궁전을 본따 지었다는 아방궁의 모습, 병마용 박물관의 수많은 토우들을 보면서 인간이 인간의 손으로 할 수 있는 일들을 감히 상상해 본다.

누군가 지하궁전을 보며 "중국 사람들 참 대단하네."라고 했다. 그래 맞다. 중국 사람들, 그 대륙적인 기질이 교자연의 섬세함부터, 음식, 건축, 도자기, 의식주 같은 모든 것을 문화라는 틀 속에 그들만의 전통으로 아우르고 있다.

서안을 보지 않고 중국의 역사를 논하지 말라던 가이드의 말처럼 나는 비림 박물관에서 묵향의 위대함을, 중국 서가들의 녹녹치 않은 마음을 읽을 수 있었다. 그리고 당나라 문화의 진수인 대당 부용원, 다양한 종교문화의 발원지로서의 불교, 도교, 이슬람 종교 유적지는 또 다른 정신세계를 되돌아보게 하는 볼거리들이다.

발길 닿는 곳, 어디를 가나 서안은 나에게 많은 물음표와 호기심과 미소를 던진다. 일정상 가보지 못한 화산과 진령산맥, 관중평원의 생태여행지를 언젠가는 꼭 둘러봐야지.

봄이 오는 길목. 서안에도 성큼성큼 봄이 오고 있다.

삼장법사가 번역한 금강경의 맨 뒷 구절에 보면

일체유위법一切有爲法 여몽환포영如夢幻泡影,

여로역여전如露亦如電 응작여시관應作如是觀, 이란 글귀가 있다.

이 경의 뜻은 '일체 현상계의 모든 생멸 법은 꿈이고, 환영이고, 물거품이고, 그림자 같고, 번개와 같음으로 반드시 이와 같이 관찰하도록 하라'고 가르친다. 태어 날 때도 빈손으로 와서 죽을 때도 빈손으로 가는 인생의 노정路程에서 서안의 병마용 지하궁전은 어떤 의미로 존재하는 것일까?

여행의 떠남이 비움을 위해서라면 지금 서안의 풍경들은 왜 이렇게 슬픈 모습인지 모르겠다. 비우고 나면 채워지는 우리네 삶의 흔적 속에 이 순간 내가 지우고 싶은 흔적은 또 어떤 것들일까.

가끔은 나를 정화시키고, 내면의 나를 되돌아보기 위해 나서는 여행길이 이 봄처럼 따스하고, 풋풋하고 행복한 그런 사유였음 좋겠다. 그리고 혼자인 듯 함께 그런 느낌을 공유할 아름다운 동행이 있었으면 더욱 기쁘지 아니할까. (2016년 3월)

유네스코가 지정한
세계최고의 자연풍경구 황룡 구채구

청정한 산수, 비취빛 연못에 넋을 잃다

청정한 자연 그대로의 산수를 자랑하는 구채구는 중국 정부가 새롭게 선보이는 관광 상품으로 장가계의 비경을 능가하는 물 좋기로 유명한 관광지이다. 특히 신선이 노닐다 간다는 황룡은 사천성 북부 송파현 민산산맥 중간인 해발 3,500m에 위치해 중국에서 가장 높은 곳에 속해 있는 국가급 명승지이며 민강과 타강의 발원지이기도 하다.

황룡의 자연경관은 거대한 카르스트 지형을 주 풍경구로 하고 있으며 단혼협, 설산량 등 7개 풍경구로 나뉘어져 있다. 주 풍경구인 황룡구는 그 규모가 세계최대로서 보존상태가 완벽하고 비취빛 개화 연못군과 세계최장의 개화탄류, 세계최대의 개화 함몰암이 보기 드문 풍경을 자랑한다.

황룡은 불佛, 석釋, 도道, 유儒 4대 교파가 하나 되어 염황제의 자손으로서 '만물이 나 자신이고 내가 만물'인 온화하고 도량 넓은 중국인의 포용성을 구현하고 있다. 신묘하고 정교한 대자연의 산물인 황룡의 경관은 국내외 관광객들의 발길을 끊임없이 모으는 국내외 수많은 과학자, 문학가, 예술가들의 절대적인 관심을 불러일으키게 하는 곳이다. 또한 성스러운 속세의 낙원이라고도 불리는 황룡 풍경구에는 진귀한 팬더곰과 금사원숭이, 기묘한 화목들로 어우러져 한온대 식물의 왕국이라 일컬어지기도 한다.

구체구 황룡의 가을 풍경

그러나 몇 년 전 쓰촨성 지진여파로 성도 구채구 일대 유명 관광지가 많이 소실되어 버렸다. 청성산 천년 유적은 산사태로 사라져 버렸고 인근의 관광지들도 피해를 입어 지난해부터 한국관광객들이 다시 찾고 있는 추세다. 그래도 다행인 건 천리만산, 만경삼림의 황룡 풍경구는 그나마 완벽한 원시림 상태를 그대로 유지하고 있어 독특하고 목가적인 티벳 소수민족의 풍광과 여유로움을 가슴으로, 마음으로 느낄 수 있다.

아무리 중국 여행이라 하더라도 실크로드와, 라싸, 구채구 등은 한국 관광객들이 선뜻 나서기가 쉽지 않은 곳이다. 오지에다 아직은 미답지가 많아 여행길의 불편은 각오해야 한다. 그러나 그만큼 얻어가는 곳이 많은 지역이 또 이런 곳이다. 고구려 시대 사람들이 건너와 살았다는 한 마을은 기와며 옷의 풍습이 우리와 흡사한 부분들도 많다.

황룡과 구채구를 둘러본 관광객이면 아미산을 빼놓고 사천성을 보았다고 자랑할 수가 없다. 아미산 주요 관광구 면적은 154km이고 가장 높은 만불봉은 3,099m로서 웅장함, 수려함, 기묘함, 신비함을 갖춘 아름다운 자연풍광과 유구한 불교문화, 풍부한 동물자원, 독특한 지질과 지세는 가보지 않은 사람은 그 자태에 입을 다물지 못한다.

중국 사람들은 아미산을 신성한 불교성지, 식물의 왕국, 동물의 낙원, 지질박물관, 천하제일 아미산 등으로 찬양하고 있다. 청나라 시인 담종악은 아미산의 수려한 풍경을 10가지로 나누었다고 한다.

첫째는 금정광양, 둘째는 상지월야, 셋째는 구노선부, 넷째는 홍춘효우, 다섯 째 백수추풍, 여섯 째 쌍교청음, 일곱 째 대평제설, 여덟 째 영암첩취, 아홉째 나봉청운, 열 번 째 성적만종으로 나누어 각각의 풍경에 해설을 달아 찾아오는 시인 묵객들에게 소개했다.

아미산은 10가지 풍경처럼 산중에 들어서면 첩첩이 둘러싼 산, 심산

구채구 진주탄 폭포

유곡에 비치는 한줄기 빛, 세상을 뒤덮는 구름의 바다, 맑은 샘물이 졸졸 흐르며 수많은 고목과 아름다움을 뽐내는 꽃의 향기, 명인들의 발자취, 원숭이들의 유희가 관광객들의 눈과 마음을 씻어준다.

아미산의 생태환경상태는 매우 양호하며 그 형태를 잘 갖추고 있어 완벽한 식물 생장대를 보존하고 있다. 특히 풍경구내에는 고등식물 3,200여종과 2,300여종의 동물이 서식하고 있는데다 아미산의 지층이 특이해 세계 각국의 지질학자들에 의해 가장 가치 있는 연구기지로 각광받고 있다.

무협소설 속에 많이 등장하는 쓰촨성 구채구와 아미산은 5000여년의 인류역사문명과 2000년이 넘는 불교문화 역사로 인해 현재 30여곳의 사찰과 많은 승려들이 전통방식 그대로 포교활동과 대외 불교문화 교류를 하며 중국내 최고 불교성지의 전통을 이어가고 있다.

옛 사람이 이르길, "천하산수의 경관은 촉에, 촉의 아름다움은 가주에 있다 할 수 있으며 가주의 아름다움은 능운이라 할 수 있다"라고 했다. 그만큼 가주의 풍경이 촉중 일색이라는 뜻이리라. 능운산과 가주성은 서로 떨어져 있지만 가주의 산수와 화락풍경의 정수가 모아져 고유의 풍관을 형성하여 역대 문인들이 우러르고 찬양한 유람명승지라 하겠다.

아미산과 더불어 '산이 하나의 불상이요, 불상이 하나인 산'인 낙산대불은 1200여년 전의 불교건축물로 세속을 초월한 인간의 기적이고 영원한 풍경이며 시간이 흐를수록 국내외에 큰 명성을 떨치며 수많은 관광객의 발걸음을 이끌고 있다. (2017년 10월)

청마, 길 위에 서다

북만 문학기행집 · 이금숙

03
—

바
람
이 　만
들
어
　준
삶

중국 호남성 부용진과 홍석림

토가족 왕이 살던 왕촌, 세계문화유산 지정
영화 '부용진' 촬영, 소수민족 문화 전통 그대로 보존

중국 대륙을 두고 사람들은 말한다. 까도 까도 속을 드러내지 않는 양파 같다고. 요즘 리메이크 붐을 타고 산수화의 절경이라고 불리웠던 장가계를 십 수 년 만에 다시 찾는 관광객이 늘고 있다.

1990년대 후반부터 2000년대 후반까지 우리들에게 알려졌던 예전의 장가계는 천자산과 금편계곡, 십리화랑을 보는 것만으로도 족했으나 지금은 원가계, 양가계, 황석채, 천문산 관광지가 새롭게 개발되어 걷지 않고도 좋은 절경을 감상할 수 있는 코스가 많이 생겼다. 게다가 중국 대륙을 동서남북으로 이어주는 고속도로의 건설로 하루를 족히 가야하는 관광지를 두 세 시간, 또는 네다섯 시간이면 갈 수 있게 되면서 일정을 늘리면 주변의 또 다른 관광지들도 둘러볼 수 있는 기회가 주어져 새로운 관광루트 개발에도 관심이 높아지고 있다.

이번에 내가 소개할 곳도 장가계 관광지와 연계하여 갈 수 있는 보기 드문 산수와 인문관광코스로 호남성 토가족의 문화와 전통이 살아 숨쉬는 부용진과 지질학적 가치가 높은 홍석림을 소개하고자 한다.

토가족 전통문화가 살아 숨쉬는 마을 부용진芙蓉鎭

호남성 상서지치주 영순현 부용진의 원래 지역명은 왕촌이다. 푸룽쩐, 부용진은 토가족 왕의 행궁이 위치해 있던 왕촌으로 영화 부용진

의 촬영장소로 알려지면서 왕촌의 이름도 부용진으로 바뀌었다. 부용진은 중국의 근대 소설가 구화가 1981년 발표한 소설 '푸룽쩐'이 1986년 영화감독 세진에 의해 영화로 제작 되자 이 영화의 실제배경인 부용진이 촬영장소로 소개되면서 세간의 주목을 받게 되었고 더불어 전 중국에 알려지게 된 곳이다. 영화는 1970년대 문화대혁명을 소재로 한 것으로 1989년 우리나라에서도 소개된 바 있다.

한국 사람들의 취향에 맞는 산수관광을 겸한 부용진의 예스러움과 고풍스런 모습은 무릉산맥과 함께 소수민족의 역사와 전통문화를 고스란히 안고 있는 추억의 여행코스이다. 또한 이곳은 운남성 소수민족 마을과 인근의 봉황고성과 함께 세계문화유산에 등재된 유서깊은 곳이기도 하다.

부용진으로 가기 위해서는 장가계에서 두시간 반 정도 버스로 이동해야 한다. 시원한 고속도로가 호남성 무릉산맥을 안고 돈다. 가이드의 설명을 빌자면 자신들도 자주 올 수 없는 가이드 생활 10년에 세 번째 방문이라고 했다. 토가족 왕이 살던 왕촌이 부용진으로 바뀌면서 호기심에 한번, 두 번째는 손님들과 한 번, 세 번째가 우리 일행들과 오게 된 것이라 했다.

부용진은 강을 가로지르는 큰 다리를 건너면서부터 고풍스런 자태를 드러냈다. 고즈늑한 분위기가 계림의 어느 한 촌을 연상케 한다. 마을은 강을 끼고 산비탈을 따라 조성돼 있고 집들은 모두 옛 모습들을 그대로 간직한 채 최소한의 개발만을 허락하고 있는 듯 했다. 정류장에서 동주원 입구까지는 전동카가 운행됐다. 큰 버스가 시내 광장까지는 내려갈 수 없게 돼 있었다.

중국 국가 4A급 관광지로 알려진 이곳의 풍경은 60미터 높이에서 떨어지는 부용진 폭포와 산비탈을 끼고 지어진 옛 고가들의 모습들이다. 3천여 년의 역사를 자랑하고 있는 이 마을의 풍경은 옛 전통고가와 다리, 계단을 따라 조성된 시장들이 영화속 장면 그대로 남아 있다. 토성행궁과 부용진 폭포로 가는 길은 안내판을 따라 좌측 길로 돌면 된다. 길게 늘어진 장터 구경도 이번 여행의 빼 놓을 수 없는 팁이다.

토성 행궁은 절벽을 따라 폭포를 끼고 만들어져 있었다. 산적이라고 불리웠던 토가족의 용맹스런 모습의 벽화도 눈에 띄고, 그들의 생활상도 전통방식 그대로 보존돼 있다. 돌담을 끼고 행궁을 따라 내려가면 강가에 다다른다. 가이드의 말에 의하면 예전에 없던 관광 코스들이 새로 생겨나 뗏목투어도 있고 레프팅도 한다고 했다. 체험코스가 늘어난 셈이다.

일행들은 사진들을 찍느라 정신이 없다. 모두들 폭포 뒤를 돌아 반대편 산기슭 마을로 올라섰다. 또 다른 풍경이 우리들 앞에 다가온다. 영화에 나왔던 그 골목들이란다. 요리조리 돌며 두시간의 투어길이 행복했던 이유는 우리가 몰랐던 소수민족들의 삶의 흔적을 눈으로 보고 가슴으로 느낀 때문이었다. 어스름 창가에 작은 전등을 켜고 삼삼오오 모여 앉아 저녁 식사를 하는 그들의 정겨운 모습에서 우리는 가족의 온기를, 지난한 삶의 노래를 들었다.

산다는 것은 희망이고 느림이고 함께하는 여유이다. 가는 길을 되돌아 나와 장가계로 들어오면서 모두들 부용진의 한가로운 저녁풍경에 흠뻑 젖어 들었다. 여행은 이런 것이구나.

부용진은 어느새 세진 감독이 풀어낸 영화의 한 장면처럼 왕촌을 어둠속으로 조용히 물들이고 우리를 추억 속으로 걸어가게 했다.

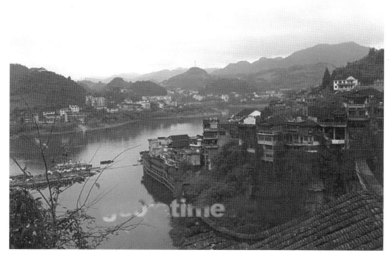

부용진 전경

부용진 옛고가

동방의 유럽 러시아 블라디보스톡

시베리아 횡단 열차 시작과 종점
우수리스크 발해성터, 독립운동가 유적지 가슴으로 다가와

텔레비전에서 다음 달 초에 우리나라 문재인 대통령이 블라디보스톡을 공식 방문한다는 보도를 접했다. 아직까지 우리에게는 많이 알려지지 않은 극동의 유럽 블라디보스톡이 조금씩 우리들 곁으로 다가오는 느낌이다.

국제회의 기조연설을 위해서라고는 하지만 우리나라 대통령이 동방의 군사 경제 문화의 도시인 이곳을 방문하기는 처음이다. 발해유적과 연해주 고려인 이주역사가 남아 있는 블라디보스톡은 중국과 북한과도 인접해, 우리에겐 멀고도 가까운 나라이자 쉽게 갈 수 없는 미지의 도시.

10년 전 블라디보스톡과 캄차카를 둘러본 이후 요즘 동방의 유럽으로 뜨기 시작한 블라디보스톡을 재방문한 것은 지난 18일, 여행사 가족과 우리 가족일행의 팸 투어였다고나 할까. 변화된 도시의 모습과 연해주 지역의 관광지 및 호텔 사항 등을 알아보기 위해서 준비한 여행이었다.

부산에서 저녁 시간대에 출발한 비행기는 북한 영공을 통과 1시간 50분 만에 블라디보스톡 공항에 도착했다. 중국 연변으로 가기 위해서 서해안을 통과 대련, 심양을 경유해 가는 항공노선과 비교하면 한참 빠

른 비행시간이다. 같은 공산주의 국가인데도 러시아 비행기의 항로를 열어주는 북한이 이상하다 싶을 정도다.

이번에 여행하는 블라디보스톡은 1860년 7월 2일 러시아 해군항으로 지정되면서 도시 건설이 시작됐다. 그 후 1870년 시로 승격되었고 러시아 극동지구의 대외교역과 외교, 상업의 중심지로 급부상하여 1904년 극동지구 자유 무역항으로 지정됐다.

현재 63만명 정도가 거주하는 블라디보스톡에는 1992년 외국인에게 도시가 개방되면서 미국, 중국, 일본, 영국, 독일, 프랑스, 네덜란드, 이탈리아, 스웨덴, 노르웨이, 터키, 인도, 베트남, 한국, 우크라이나 영사관이 개설돼 국제도시로서의 면모는 물론, 교육, 문화, 교통의 중심지로 발전하고 있다.

거제에서 블라디보스톡은 러일전쟁의 산 역사인 러시아 발틱함대로 연관된다. 한반도와 만주의 지배권을 두고 당시 일본은 미국과 영국의 지원을 받아 연합 함대로 러시아의 무적함대라는 발틱함대를 무찌르

기차역에서 바라본 금각교

면서 러일전쟁을 승리로 이끄는 계기가 된다. 바로 그 극동의 해군기지가 블라디보스톡이다.

1905년 5월27일 당시 발트 함대는 상트베떼르부르그를 떠나 블라디보스톡으로 향하던 중장목 송진포를 출발한 도고헤하찌로의 일본 연합함대에게 대마도와 가덕도 울릉도 인근에서 대패해, 겨우 세 척의 배만 블라디보스톡으로 돌아가게 됐는데 이 해전이 그 유명한 러일전쟁 중의 동해해전이다.

블라디보스톡의 금각만에는 아직도 해군기지가 있다. 잠수함 박물관도 있고 금각교를 배경으로 꺼지지 않는 영혼의 불과, 레닌동상, 혁명광장 등이 항구와 기차역과 더불어 이곳을 찾는 관광객들을 반겨주고 있다.

비행기에서 내린 일행들은 짐을 찾고 가이드를 만나 시내로 향했다. 외곽에 위치한 공항에서 시내 호텔까지는 50여분 거리, 인천에서 출발한 한국인들이 우리가 묵는 호텔에 묵어서인지 로비는 한국 사람들이 장사진을 치는 느낌이다. 밤이 깊었는데도 불구하고 일본, 중국 관광객들도 야경을 보고 들어오는지 속속 호텔로비로 들어서서 서성댄다.

블라디보스톡엔 옛날 내가 머물렀던 현대호텔이 리모델링을 해서 5성급 호텔로 이용되고 있고 우리가 묵는 호텔은 4성급 호텔이란다. 패키지 투어라 금액상 좋은 호텔은 쓸 수 없으리라 생각했는데 막상 들어가 보니 유럽의 4성급과 비슷했다. 원체 호텔 사정이 열악했던 10년 전과 비교하면 엄청 달라진 모습이다. 전망도 해양공원을 바라볼 수 있어 좋다.

짐을 풀고 다들 모여 맥주 한잔에 피로를 푼다. 내일의 여정이 설레임으로 다가온다. 왜냐면 연해주 독립운동과 고려인들의 이주역사 및

잠수함 박물관

모스크바 횡단열차 종점

발해의 옛 성터를 둘러보는 코스가 예정되어 있기 때문이다. 수없이 방문했던 연변이나 하얼빈을 보면서 러시아 연해주의 모습을 보지 않으면 반쪽의 역사현장을 볼 수밖에 없다는 아쉬움이 항상 마음속에 자리 잡고 있었다.

아침 일찍 가이드와 미팅 시간을 정하고 모두들 헤어져 잠자리에 들었다. 밤거리만 바라본 풍경인데도 왠지 거리가 낯설지 않음을 느낄 수 있다. 지난해 방문했던 모스크바와 붉은 광장, 궁 백화점, 정교회 모습과 흡사한 건물들이 있음을 예전에 보았기 때문일까.

선선한 바람이 초가을 같은 느낌을 준다. 가이드와 함께 시작한 아침코스는 우굴나야까지 가는 열차탑승 투어다. 10여분을 걸어서 블라디보스톡 기차역에 도착했다. 레닌동상과 금각교가 한 눈에 들어온다. 은하철도 999의 증기기관차가 역 중앙에 전시돼 있고 그 앞으로 시베리아 횡단열차의 종점과 시작을 알리는 기념비가 서 있다. 9천키로가 넘는 시베리아 횡단열차는 모스크바까지 꼬박 일주일이 걸린단다.

우리는 그 중 일부 구간을 다른 열차를 이용, 체험을 하는 것이다. 기차 안은 그런대로 깔끔했다. 우굴나야까지는 50여분 거리. 모두들 창밖의 풍경에 말이 없다. 그 유명한 사스레(자작나무)숲도 해바라기 벌판도 볼 수는 없었으나 연해주 옛 발해의 터는 잡목 숲에 가려 침묵하고 있었다. 마음이 가볍지 않음은 가이드의 설명 탓도 있겠지만 옛 독립운동가들의, 고려인들의 슬픈 과거사가 마음 한 구석을 후벼 팠기 때문이다.

우굴나야에서 다시 버스를 만난 우리는 우수리스크를 향해 출발했다. 여기가 러시아 땅임은 지나가는 행인들의 얼굴에서 실감한다. 우수리스크로 가는 길은 그냥 농촌길이다. 우수리강 지류에 자리한 우수리스크는 중국의 목단강, 하얼빈, 연변을 연결하는 철도의 분기점이자 농업, 교역, 제조, 산업의 중심지이다.

또한 연해주 조선독립운동의 거점지로서 이상설, 최재형 선생의 유적지가 남아 있고 2009년 개관한 고려인문화센터가 있는 곳이다. 우수리스크에는 얼마 전부터 우리나라 대규모 영농단이 상주해 인근에다 땅을 빌려 농사를 짓고 있다고 한다.

때마침 솔빈지역 수이푼 강가에 세워진 이상설 선생의 유허비에 도착하자 이곳 한국 영농센터 지원단이 이상설 선생의 유적지를 청소하고 있었다. 유허비는 광복회와 고려학술문화재단에서 선생의 업적을 기려 러시아 정부의 도움으로 2001년 이곳에다 세웠다고 한다.

일주일에 한 번씩 돌아가며 영농지원센터에서 이곳을 관리해 주고 있단다. 그저 젊은이들이 고마울 뿐이다. 강가 외진 풀 섶에 자리한 선생의 유허비가 조국을 위해 희생한 한 독립운동가의 삶을 대변해 주고 있는 것 같아 안타깝기 짝이 없다.

일행은 다시 인근에 위치한 발해 옛 성터에 올랐다. 만감이 교차한다. 고구려인 대조영이 세운 발해의 옛 성터가 이곳이라니...

이상설 기념비

고려인 이주역사 현장 보며 가슴 먹먹

옛 발해 성터는 우수리스크 외곽지역인 잡목 우거진 언덕 아래에 위치해 있었다. 발해왕국의 성터가 이곳뿐만이 아니라 돈화, 흑룡강성 발해진, 심지어 북한에까지 있다는 것은 짧은 기간 도읍지를 여러 번 옮겼다는 뜻일 것이다. 두만강변과 연해주를 아우르는 이 성터에서 발굴된 유적들은 블라디보스톡 향토박물관에 보관 전시중이란다. 광야에 도읍지를 정하고 한 나라를 다스렸던 단군의 후예들이 지금은 러시아인으로 고려인이라는 또 다른 이름으로 여기저기 흩어져 살고 있는 모습이 왠지 무겁게 다가온다.

시내로 들어와 시청사 및 항일 독립운동가들의 흔적을 돌아보고 고려인 문화센터를 찾아 그들의 이주역사를 영상으로 사진으로 만나봤다. 이 추운 혹한의 땅에서 살아남기 위해 살아야 했던 고려인들의 아픈 과거가 가슴을 먹먹하게 한다.

일행은 문화센터 안에 있는 커피숍에 들려 차 한 잔으로 마음을 진정시키고 점심을 먹기 위해 모두들 우수리스크 시내 식당으로 자리를 옮겼다. 조선족 동포가 운영하는 식당의 음식들은 그런대로 먹을 만했다. 블라디보스톡으로 돌아오는 길에 차창 너머 연해주의 늦은 여름이 평원에서 졸고 있다. 가을이 오고 있음인지 해바라기 코스모스, 다알리아, 맨드라미가 빨간 지붕 집의 울타리 여기저기 옹기종기 피어 70년대 옛 시골의 정취를 떠올리게 한다.

현재 이곳 우수리스크에서는 우리나라 영농조합에서 이 지역 땅을 임대 사료와 곡물, 화훼 등을 대규모 단지로 재배하고 있단다. 젊은 그들의 환한 미소가 억세고 강인한 고려인들의 후예답다는 느낌이 든다.

시내로 돌아와 일행은 해양공원과 항구, 유럽풍의 러시안 거리와 슈퍼에 들러 보드카와 초콜렛과 빵을 샀다. 그리고 맛있는 저녁 킹크랩을 먹기 위해 항구가 훤히 보이는 식당으로 갔다. 근사한 저녁이 거기 있었다.

금각만이 보이는 창가에서 금각대교를 보며 보드카 한 잔과 사슬릭과 게다리 한쪽을 들고 만세를 불렀다. 아! 살다보면 이런 날도 있구나.

동생들 가족, 금농의 박실장 가족, 함께 간 성회와 친구들, 멋진 저녁에 야경에 황홀함으로 호텔로 돌아와 아이쇼핑에 여념이 없다. 내방에 모두 모여 러시아 맥주로 또 한잔, 둘째 날 밤이 깊어간다.

요즘 방송에 친구끼리, 가족끼리, 청춘남녀끼리 여행을 다니며 일상의 에피소드들을 소개하고 있는 프로가 많던데 이번 여행도 어찌 보면 그런 낭만여행 같아 내게는 무엇보다 소중하고 귀한 시간으로 기억될 것이다. 바람이 있다면 여행의 동행이 되어 줄 괜찮은 사람하나 있었으면 하지만 어디 쉬운 일일까. 동생들이 놀려대도 웃음으로 넘길 수밖에..

오전 일정이 남아 있는 짧은 여정의 마지막 날 우리는 체크아웃을 하고 전망대에 올랐다. 금각만과 금각대교가 한 눈에 훤히 내려다보인다. 다시 일행들은 시내로 내려와 향토 박물관과 '왕과 나'의 주연배우인 율 부린너의 생가를 찾아 동상 앞에서 기념 촬영도 했다. 정교회와 옛 신한촌 기념비에 들러 고려인 이주자들의 삶의 현장을 보고 태평양 극동함대가 주둔하고 있는 항구로 내려가 잠수함과 무기 박물관을 둘러본 뒤 꺼지지 않는 영원의 불꽃 앞에서 단체 사진으로 이번 여행을 마무리를 했다.

점심으로 현대호텔에서 먹은 버섯전골도 기억에 남을 맛 도락이었다. 짧은 여름여행을 보낸 3일 일정이 보드카의 타는 맛처럼 진하다. 공항으로 가는 동안 동방의 유럽 블라디보스톡을, 가이드 선대리와 묵묵하게 운전대를 잡아준 기사님께 감사드린다.

지난해 봄 모스크바에서 만났던 퓨수킨의 시 한 편이 생각났다. 그리고 계절이 건너가는 길목, 극동의 러시아는 조용한 모습으로 우리를 배웅했다. 어디를 가더라도 귀향 할 수 있는 집이 있다는 것은 즐거운 일이다.

몇 년 후 면 아마도 극동의 새로운 관광코스로 다가올 블라디보스톡과 하바로스크, 우수리스크, 연해주 모두 보완해야 될 상품이긴 하지만 가까운 곳에서 유럽의 풍취를 느낄 수 있다는 것이 젊은이들에겐 매력의 도시로 받아들여질 것이다.

미지의 반도 캄차카의 원시 생태환경을 보기 위해서도 한 번 쯤 극동의 러시아를 찾아 힐링의 시간을 가져봄은 어떨지. 이번 여행을 통해 모두가 느낀 것은 대한민국에서 사는 우리들이 진짜 행복한 사람들이란 것이다. 척박한 환경에서 살아남기 위해 살아 갈 수밖에 없었던 그들의 삶이 이 시대를 사는 우리들에게 많은 것을 생각하게 한 여행이었다.

　가을이 오는 길목, 내일은 또 백두산으로 떠나겠지만 연해주의 짧은 일정이 옆 동네 연변과도 무관하지 않음을 실감하며 함께한 분들에게 고마움을 전한다. 항상 행복하시길.. (2018년 여름)

아트거리

망글라마 미얀마로 가는 길

말로만 듣고 TV로만 보아왔던 미얀마로 가는 길은 쉽지 않았다. 50년간 시간이 정지한 것 같은 회색빛 도시, 그러나 석양에 빛나는 파고다의 화려함과 그 파고다를 돌며 신을 찬양하는 사람들의 미소 속에서 은둔의 땅 미얀마는 조금씩 봄날 햇빛처럼 나그네의 가슴으로 녹아들고 있었다.

예전에 세 번인가, 내가 갔던 미얀마는 태국의 국경도시 치앙라이로 가는 길에 스치며 지나왔던 골든 트라이 앵글을 찾았을 때였다. 메콩강의 붉은 황토물에 배를 띄우고 라오스 땅을 잠시 밟아 보는 것과, 매사이에서 국경지대인 미얀마 타치렉을 돌아보는 여행이 은둔의 땅 미얀마를 볼 수 있는 전부였다. 그곳은 명상과, 신비로움이 아닌 그냥 일반 관광객들이 누구나 볼 수 있는 1970년대 동남아 국경지대의 장터이자 사람냄새가 스며있는 도시의 일부분이었다.

그러나 이번에 구정을 맞아 부산 공동어시장 팀들과 함께 한 5박7일의 미얀마 여행은 타임머신을 타고 과거로의 회기여행이었고 부처님을 만나러 가는 성지순례였고, 나의 심연을 돌아 볼 수 있는 꿈같은 추억여행이었다.

옛 버마로 불려지던 미얀마는 아웅산 테러로 우리에게 더 많이 알려진 나라이다. 2,500년의 불교문화와 외부와 단절된 50년의 역사가 독특한 자기들만의 고유한 문화를 만들어 황금의 나라, 불교의 나라라고 불리워지고 있는 곳, 한반도 크기의 3배가 넘는 땅에서 살고 있는 소수민족들로 구성된 다문화 국가인 미얀마는 그래서 더 신비롭고 시간이 멈춘 은둔의 땅으로 소개되고 있다.

피안의 불국토 바간과 인레호수

매서운 한파가 몰아닥친 구정은 어린 시절 추위에 떨던 그 때의 기억을 떠올리게 했다. 부산에서 만난 일행들은 단단히 차비를 하고서 미팅장소에 모여 있었다. 밤 11시 모두들 잠들 시각인데도 여행은 이렇게 사람들을 설레게 하는 가 보다.

내일 아침 인천에서 비행기를 타기로 되어 있으므로 일행들은 버스로 공항까지 가기로 약속을 했다. 귀성길에 막힐 것을 우려해 두 시간 정도 일찍 출발을 서둘렀다. 경부고속도로는 원만했지만 밤새 꼬리를 물고 달리는 차량들을 보며 고향과 가족이 무엇인지 의문이 갔다. 천안에서 오산까지 거북이걸음에 걱정도 되었으나 기사님은 우리를 용케 인천공항에 잘 내려주셨다.

10시 20분 타이항공 방콕행 비행기엔 좌석이 만석이다. 구정을 맞아 우리처럼 해외여행을 떠나는 사람이 이리도 많은 걸까.

오늘 일정은 방콕에서 양곤가는 비행기를 갈아타고 양곤에 도착 여장을 푸는 것이 전부다. 지난해부터 미얀마의 군사독재정치가 완화돼 관광객들을 불러들이고는 있으나 숙박여행은 오직 항공편을 통해 양곤공항을 거쳐야만 미얀마 입국이 가능하다. 6시간의 비행시간이 일행들에겐 잠을 잘 수 있는 휴식시간이 됐다. 밤 새 무슨 얘기들이 그리 많은지 잠을 자지 않더니 모두 식사를 마치고는 잠에 빠져들었다. 방콕 공항에서 우리가 트랜짓 한 동쪽구역의 게이트와 양곤행 비행기를 탈 서쪽 게이트까지는 2㎞가 넘는 긴 길이다.

서둘러 게이트를 확인하고 일행들은 아이쇼핑에 여념이 없다. 지난해도 왔던 태국여행이었지만 뭔가 빠진듯한 미진함에 다시 미얀마와 태국을 둘러보기로 했던 터였다. 시간은 물같이 흐른다. 잠시 잠깐 혼자 대합실에 앉아 책을 읽다가 18년 전 처음 방콕을 찾아와 딸아이와 겁도 없이 로타리 국제대회에 등록을 하고 푸미폰 국왕의 둘째 공주도 만나봤다. 예쁜 한복을 입고서...

30대 나의 첫 동남아 여행은 그렇게 시작됐다. 그리고 태국여행은 아마도 지금까지 다녀옷 횟수가 30여회쯤 될 것이다. 80년대 몸담았던 여행사 업무가 10여 년 간의 신문사 외도 후 평생 나의 직업이 될 줄이야 그 때도 나는 몰랐다.

저녁 5시 40분 양곤행 비행기에 몸을 실었다. 딜레이 없이 비행기는 이륙했고 쌍발기 60인승 기체 밑으로 인도차이나 반도의 높고 낮은 산과 언덕과 바다와 파고다들이 파노라마처럼 펼쳐진다. 관광객은 모두 외국인들이고 한국 사람들은 우리들뿐이다. 비행기가 작다고 걱정들을 했지만 이 비행기가 더 안전할 수도 있다고 안심시켰다.

프로펠러 너머 펼쳐지는 석양이 벌써 여행의 1/3을 보여주고 있다. 너무도 아름다운 해넘이였다. 50여분의 비행시간을 뒤로하고 더디어 양곤 공항에 도착이다. 긴장과 설레임 속에 이미그레이션을 통과한다. 공항엔 수보 소장이 나와 있다. 캄보디아에서 만났던 현지 가이드였는데 그가 이 곳 미얀마에 들어와 산지가 20년이 다 되어 간단다. 수보 소장과는 8년만의 만남이다.

거리는 예상대로 1970년대 모습이다. 한국식당에서 저녁을 먹고 호텔에 여장을 풀었다. 쉐다곤 파고다가 보이는 오래된 숙소였다. 이미 이 지역 실상을 듣고 왔음인지 일행들은 이해하고 가는 눈치다. 내일의 여정 때문에 일행들은 일찍 잠자리에 들었다. 소주 한 잔과 신라면으로 해장을 하고서...

바간, 불국으로의 여행

새벽부터 일어나 도시락으로 아침을 때운 후 6시 30분 비행기로 바간으로 향했다. 역시 새벽 여명이 장관이다. 프로펠러 비행기는 미얀마 국내 항공기의 주종, 우리는 만달레이 항공을 이용 1시간 20분을 날아서 바간공항에 도착했다. 미얀마에서부터 바간공항 모두 수속은 수작업이다.

바간은 봄과 가을 아침을 연상시켰다. 4천여기의 불탑이 산재해 세계문화유산으로 등재된 바간의 불탑은 말 그대로 사람의 삶속에 공존하는 부처님의 나라였다. 맨 먼저 찾아간 곳은 쉐지곤 파고다. 치앙마이 산 위에서 보았던 사원과 흡사했다. 바간왕조 최초의 건축물로서 아노리타 왕이 AD1507년에 기도와 명상의 중심지로 건설됐다. 그리고 아난다 사원의 내부 건축물을 보며 스스로에게 감사했다. 이 아름다운 불상들을 볼 수 있게 됨을 …

멈춰버린 시간, 명상으로 만나는 나, 그리고 부처님의 길 사원은 실내 공간을 둘러 볼 수 있게 만들어진 사찰이다. 안내서에는 거의가 파고다를 보는 관광코스로 돼 있어 관광객들은 파고다가 무엇인지 모른

바간 불교 유적지

채 미얀마행 비행기에 몸을 싣는 경우가 많아 먼저 파고다에 대한 설명부터 해야겠다.

파고다는 우리식으로 하면 절, 즉 사찰, 불탑을 가리키는 말이다. 미얀마의 파고다는 원래 파야paya라는 신성한 곳을 뜻하는 말로서 종교 건축물을 일컫는다. 내부를 들어가 볼 수 있는 파고다와 외부만 볼 수 있는 두 종류의 파고다로 나뉘며 종모양의 제디zedi와 직사각형 모양의 파토phato가 주종이다. 제디는 주로 부처님의 치아와 머리카락 뼈 등을 모시고 있거나 유명한 스님에게 축성 받은 물건이 있는 곳이고 파토는 불상을 모셔놓은 형태로 지금 우리가 감상하고 있는 아난다 파고다는 파토에 속하고 양곤의 쉐다곤 파고다는 제디에 속하는 건축물이라고 보면 되겠다.

아뇨리타 왕이 만든 아난다 사원 내부에는 기도와 명상을 할 수 있는 각각의 공간들이 동서남북으로 만들어져 있다.

바간의 불교유적들은 대부분 바간 왕조 때 만들어진 것이다. 멸망한 천 년 전의 도시, 강력한 최초의 통일국가로서 바간 왕조의 화려했던 시대를 4천기의 불탑들이 대변해 주고 있다. 바간의 불교유적은 세계 3대 불교 성지로 알려져 있는 미얀마의 불교유적지를 대표한다. 틸로미로, 탓빈유 사원을 돌아 호텔에 여장을 풀었다.

인형극이 볼만한 바간의 한적한 식당에서 늦은 점심을 먹은 후 잠시 휴식을 취하고 오후에 다시 만나 바간 불교유적지를 돌아보기로 했다. 호텔은 미얀마 최고의 트레져 바간 리조트 호텔로 절제된 전통양식과 대나무로 만든 각종 소품들이 눈길을 끈다. 외국인들만 있는 공간이라 동양인의 모습은 찾을 수가 없고 서늘한 갈증을 풀기 위해 맥주 몇 병을 시켜 야외 수영장 그늘에서 함께 마셨다. 정말 천국이 부럽지 않는 구정 연휴를 제대로 즐기고 있는 셈이다.

세시 반에 후론트에 모인 일행들은 차를 타고 부파야 사원으로 향했다. 멀리 티벳에서부터 발원하여 흐르는 아리와디 강기슭에 자리 잡고 있는 부파야 사원은 종모양의 파고다다. 오가는 배들의 등대역할도 해 주는 이 파고다는 늙은 보리수나무와 함께 이 지역 사람들의 삶을 지탱해 주는 신성한 공간으로 자리매김하고 있었다.

일행들은 차 창밖의 수많은 파고다들을 보며 당시 이들이 왜 여기에 이런 불탑들을 세웠는지 궁금해 했다. 신이 아니고서는 만들 수 없는 담마양지 파고다. 그 미완성의 파고다를 보며 신이 인간에게 인지해 준 인연의 굴레가 어디쯤일까 생각했다. 수 보소장이 우리를 천국으로 안내하겠다고 해서 따라 나섰다. 어느새 하루가 저물고 있다. 황톳길을 마차와 자전거와, 자동차와, 사람이 뒤섞여 쉐산도 파고다로 향한다. 도대체 거기 무엇이 있길 래.

쉐산도 파고다

뿌연 먼지 속에 황금빛으로 빛나는 파고다의 위용은 관광객들을 압도한다. 수보 소장은 우리를 데리고 쉐산도 대탑 꼭대기 테라스로 이끌었다. 머리 위에는 푸른 하늘이, 서쪽에는 노을이 내리고 원시림 같은 들판 아늑히 불탑들이 뽀족뽀족 서 있다. 제각각 크기는 달라도 부처님에게로 향하는 피안과 기도의 염원은 모두 같을 터. 우리는 탑 꼭대기 테라스에서 왜 우리가 미얀마행을 택했는지에 대한 해답을 눈으로 직접 확인할 수 있었다.

우주의 삼라만상에게 고하는 나름의 기도를 하고 인증 샷을 찍고, 엉덩이를 내민 채 네발로 기어서 탑을 먼저 내려왔다. 내려오는 일행들 모습을 카메라에 담기 위해…

황금빛 석양에 황토색으로 빛나는 사원의 숲을 바라보는 일행들 모두 긴 침묵으로 일관했다. 할 말을 잃었기 때문일까?

저녁은 근사한 강변레스토랑에서 석양과 함께 먹었다. 낭만도 꿈도, 우리가 만든 우정도 바간의 하루를 마감하는 이 시간에는 그저 고맙고 감사하는 마음들로 가득가득 채워졌다. 호텔로 돌아가는 길은 마차를 탔다. 서늘한 밤바람에 하늘의 별까지 눈부신 이 아름다운 여정은 호텔 방에서도 쭈욱 이어졌다.

해오, 인레호수 마음도 두고 가는 그리움의 끝

새벽 강행군, 6시에 아침을 먹고 공항으로 향했다. 오늘은 해오로 가서 인레호수를 돌아보는 코스다.

수보 소장이 공항에서 우리가 타고 왔던 그 비행기를 기다렸다가 타야한단다. 좌석번호도 없고 빈자리에 그냥 앉아 가면 되는 완행버스 같은 비행기다. 양곤에서 바간까지 버스로 16시간, 바간에서 해오 인레호수까지 또 버스로 가자면 8시간이 걸리므로 우리는 아예 하늘 길을

이용키로 했다. 바간에서 해오공항까지는 30여분이지만 육로를 이용
하면 큰 산맥을 넘어야 한다.

비행기가 도착했다. 어제 우리가 탔던 40인승 프로펠러기. 미얀마에
지난해부터 항공사들이 부쩍 늘었다. 어림잡아 국내선만 4개 선사란
다. 준비 안 된 시설과 시스템을 가지고 업무를 보고 있는 항공사 직원
들의 모습이 안쓰럽다. 모든 것을 수기로 해야 하는 공항업무를 보면
서 우리나라 60년대 모습을 떠올렸다.

사실 미얀마의 버스도, 항공도, 우리나라에선 폐기 직전의 탈것들이
지만 평지가 많고 추위가 없는 이 지역의 특성 상 승용차는 평균 30-
40년은 쓸 수 있다고 했다. 그러니 고물상에나 갈 버스가(양곤에서는 한국
버스도 있음) 이 첩첩산중 시골에까지 들어와 관광객들을 맞고 있고 시골
사람들은 지프차나 트럭을 개조한 낡은 차를 대신 버스로 이용하고 있
었다. 콩나물 시루같이 작은 공간에 빽빽하게 앉아 가는 것도 모자라
차 꼭대기나 뒤에 매달려 가는 것이 예사다. 뒤따라가면서 우리는 그

들의 곡예운전에 눈을 뗄 수가 없었다.

좌석번호가 없는 비행기가 창공을 날아오른다. 맑은 하늘, 어젯밤에 마차를 타고 오며 보았던 오리온자리가 여기던가. 저기던가. 새벽안개에 싸인 인레호수의 모습이 발아래 아련하다.

호수는 화산이 분출된 칼데라호처럼 높고 긴 산맥으로 뺑 둘러쳐져 있다. 미얀마에서 두 번째로 큰 호수로 산주 북동쪽 니옹쉐에 위치해 있다. 해발고도 880m의 고원지대에 수상족인 인따족들이 살고 있는 곳.

2월의 해오는 우리나라의 가을 날씨처럼 차갑다. 인도차이나반도를 여행하는 사람들에게 이런 날씨는 축복이다. 미얀마 사람들도 피서를 오는 인레호수는 해오공항에서 1시간 정도 옛 버마로드를 타고 가야한다. 꼬불꼬불한 산길과 시골장터, 황토바람이 불어오는 원시림지대를 지나면 물안개가 피어오르는 호숫가에 다다르는데 가는 곳곳마다 마을과 보리수나무와 붉은 꽃이 피는 큰 나무가 이국의 경치를 느끼게 한다.

4명씩 앉아가는 긴 배를 타고 우리는 수로를 따라 호수로 나아갔다. 수로옆으로 친환경 농작물인 토마토, 오이, 호박, 상추, 가지 등을 물 위에 밭을 만들어 수경재배를 하고 있다. 그리고 그림이나 방송으로 보아왔던 외발로 노젓는 어부들의 모습이 평화롭기 그지없다.

그래 여기가 바로 천국이야!

사람들은 이구동성으로 말했다. 둘러봐야 산이고 호수뿐인 수상농촌마을, 게다가 보이는 것 모두 이국적이다. 수상호텔인 인레 파라다이스 호텔에 여장을 풀고 점심을 먹으러 보트를 타고 다시 수상족들이 모여 사는 팡도우 파고다 쪽으로 이동했다. 살아있는 불상 5기가 모셔져 있다는 팡도우 파고다는 이 지역의 대표적인 사찰로 매년 10월이면 큰 행사를 치르느라 미얀마에서도 많은 관광객들이 찾아오는 유명사찰이다.

묻혀진 불탑의 도시 인떼 유적지 부처님 만나

식사를 하고 일행은 인따족의 전통문화를 둘러보는 가내 수공업 단지를 방문했다. 담배, 실크, 연꽃 줄기로 섬유를 만드는 과정이 신기했다. 모두들 수상촌의 주민들과 사진촬영을 하고 카렌족 처럼 목이 긴 '빠다웅'족 마을도 방문했다.

수보 소장은 오늘의 가장 멋진 풍경을 또 보여 주겠다며 보트를 타고 앞장을 선다. 수로를 거슬러 한참을 가자니 묻혀진 도시인 '인떼 유적지'가 나타났다. 셀 수도 없이 많은 불탑들이 산 전체에 늘려 있다. 약초를 캐며 산다는 따오족 여인들이 사람들이 보는데도 아랑곳없이 강으로 뛰어들어 머리를 감고, 목욕을 한다. 가슴이 노출될 때마다 남자들은 곁눈질을 하느라 정신이 없다.

여기서도 오감이 발동하나? 한 마디에 모두들 웃는다. 그래, 사람이니까. 살아 있으니까. 그럴 수도 있겠다 싶다.

유적지를 둘러보며 저 불탑들의 주인이 누구이길 래, 천 년이 지난 지금에 와서 우리에게 불교문화의 잔재로 다가오고 있는지 마음이 아려온다. 먹먹한 마음으로 불탑들을 둘러보다 다소곳이 앉아 명상에 잠겨 있는 부처님을 만났다. 작은 부처님은 이 긴 시간동안 오가는 관광객들에게 기도와 참선과 명상의 시간을 얘기해 주셨을까. 푸석푸석한 먼지사이로 아름답게 피어 있는 꽃들을 보며 인간이 어찌할 수 없는 자연의 힘, 부처님의 불심, 우주의 기氣와 생명에 대해 생각했다.

나와 비슷한 믿음을 갖고 있는 서여사와 먼 길을 돌아 와 부처님을 만나게 해 주신 인연들에게 감사했다.

해가 지기 시작한다. 인레호수의 석양도 바간의 석양에 못지않다. 높은 고지대라 그런지 해도 빨리 넘어간다. 적막한 호수에 심연深淵이 그림자처럼 찾아와 앉는다. 호텔은 조용하고 평화로웠다. 하늘의 별이 금 새 쏟아질듯 빛을 뿌린다. 또 하루의 일정이 어둠속에 묻힌다.

빠다웅 불교 유적지

내일은 양곤행. 황금대탑을 보는 날이다. 모두들 야외에 나가 맥주라도 마시자고 한다. 아마도 오늘 저녁은 이 세상에 태어나 가장 나를 깊이 돌아볼 수 있는 시간이 될 것 같다. 호수의 적막감이 숨소리조차도 떨리게 만들기 때문이다.

비행기로 다시 도착한 양곤의 황금대탑 쉐다곤 파고다는 웅장함의 극치다. 차마 눈으로 바라볼 수 없는 높이의 대탑 아래 맨발로 걷는 발바닥이 뜨겁다 못해 아리다. 참배하는 뭇 군상들의 표정들과 황금 불상의 여유로운 미소가 대조를 이룬다. 보리수나무 밑에 앉아 기도를 하는 나에게 2월의 뙤약볕이 불사조같이 덤벼든다. 마음의 때를 벗기고 영혼의 샘에 새로운 샘물을 부어 넣는다. 모든 것을 내려놓고 떠나온 미얀마에서의 일주일, 부처님의 품안에서 내가 느낀 잠시 잠깐의 시간이 오래도록 치유의 삶으로 남겨질 것 같다. 망글라바 아름다운 사유여! 불국의 영토여! (2014년 3월)

신 계림과 양삭, 용승온천을 찾아서
이강에 마음 풀고, 용승온천에 피로 풀고

기축년 새해 시작과 더불어 떠난 여행길은 중국 호남성 계림일원. 장가계와 황산에 밀려 '계림산수갑천하桂林山水甲川河'라는 이름을 내어준 관광지이긴 하지만 그래도 옛 것이 낫다는 말이 있듯이 이강의 산수는 중국 화폐의 뒷면을 장식한 녹녹함이 묻어 있다.

중국의 남부지방은 봄이지만 상해의 1월은 매서웠다. 언제나 스쳐 지나가듯 왔다가는 상해의 풍경은 계절 따라 틀리다. 맨 처음 상해를 본 느낌이 너무도 경이로 와서 처음 방문하는 여행객들에게 꼭 물어보는 내 질문은 한가지다.

"이곳이 사회주의 국가 같습니까?"

모두들 고개를 흔든다. 새삼 말이 나왔으니 말이지만 상해의 포동은 날마다 달라지는 뉴시티 타운이다. 현란한 야경에 반하고 상해의 푸짐한 해산물 요리에 반하고, 높은 빌딩 사이의 자유분방함에 또 놀라는 곳.

호텔에 도착한 뒤 한 일행이 중국이 이렇게 발전했으리라고는 상상도 못했단다. 아직도 놀랄 일들이 얼마나 많이 남아 있는데……

혼자 방에 남아 가지고 온 책 한권을 폈다. 법정스님의『아름다운 마무리』라는 책이다. 요즘 부쩍 삶에 대해, 죽음에 대해 많은 생각을 한다. 지인들이 인사도 없이 삶의 공간을 떠나는 모습을 보고 어떻게 죽어야 잘 죽는 것인지 반문해 보는 것이다. 죽음길이 가볍고 아름다울 수 있다면 우리네 삶이 얼마나 행복할까.

누군가를 잃어버린 상실에 대한 언어는 상실을 겪어야 비로소 절절해진다. 내가 시를 쓰는 이유도, 그리움에 대한 애착을 버리지 못하는 것도 상실에 대한 그 절절함 때문이다. 사랑이 없다면 이 사회가 무의미하듯이 우리에게 여행은 이런 또 다른 나를 찾아가는 순례의 길인 것이다. 옆방에서 술 한 잔 하자고 초인종을 눌러댔지만 오늘은 절절하게 혼자이고 싶다.

다음날 아침 일찍 홍교공항에 도착한 우리는 계림으로 가는 비행기를 타기 위해 수속을 밟았다. 항시 두어 시간씩 딜레이를 하는 국내선이기에 느긋하게 기다리는 습성을 배우고, 익히도록 미리 손님들에게 이야기한다. 그래야 뒤탈이 없으니까.

다행이 비행기는 정시에 이륙했다. 올림픽 이후 많이 달라진 중국의 모습 중에 하나다. 칙칙한 구름들을 지나 눈부신 햇살이 내리는 고도에 올라서자 일행들이 환호성을 지른다. 앞으로 두 시간 후면 계림이다. 2년 전 가본 후로 처음이니 많이 변했을 게 분명하다.

중국의 황산이 남성을 상징한다면 계림과 양삭은 여성을 상징한다. 이강을 따라 펼쳐진 3만6천개의 봉우리들이 어쩌면 베트남 하롱베이를 연상해도 될 듯싶다. 봉죽과 나룻배와 가마우지와 강태공이 떠오르는 모습을 어딘가에서 보았다면 그 곳이 바로 계림이다. 신선이 살고, 세외도원이 있는 곳, 바로 계림이 무릉도원인 것이다.

착륙을 하는 비행기 차창 너머로 계림의 산봉우리들이 눈에 들어오기 시작한다. 봄이 오기엔 아직 이른 계절일까. 노오란 유채꽃밭과 줄

을 지어 심어 놓은 모내기 논들은 볼 수가 없다. 2월쯤이면 더 아름다울 텐데 아쉽다.

비행기에 내려 일행은 야외계곡으로 온천이 흐르고 있는 용승으로 출발했다. 예전에는 길이 안 좋아 갈 수 없었던 용승온천이지만 지금은 한창 길 확포장 공사로 2시간이 걸릴 길이 4시간이 넘게 소요된다. 가는 길에 소수민족인 요족 사람들이 사는 곳에 들리기도 하고, 사진작가들이 가장 많이 모여드는 다랭이논(용석제전)은 눈을 뗄 수 없을 만큼 경이롭다. 1천미터 이상의 다락논으로 더 유명한 용석제전은 봄 유채꽃이 필 때와 가을 벼가 익어 갈 무렵이 제일 멋진 풍경을 자아낸다.

용승으로 가는 길엔 벌써 조용조용 봄이 오고 있었다. 계곡으로 흐르는 강물이며 산골짝 다락논 마다 피기 시작하는 유채가 봄이 오고 있음을 알려주고 있었다.

봄을 만나러 가는 길, 이강엔 자유로운 영혼의 삶 스며

용승에 다다랐을 때는 이미 날이 저물어 앞을 볼 수가 없다. 산골짜기

어티쯤 호텔이 있고 한국 관광객들을 비롯한 각처의 관광객들이 온천물이 좋다는 소리를 듣고 왔는지 벌써부터 로비는 사람들로 북적댄다.

이 지역에서는 가장 좋다는 용송호텔에 여장을 풀고 식사를 한 다음 제각기 수영복을 챙겨 입고 온천을 하러 나섰다. 여행사에서 보내준 커다란 과일바구니가 눈에 띈다. 배려차원에서지만 계림에서 여기까지 가져 왔다는 게 고마울 따름이다.

언제부터인가 중국은 나에게 있어서는 이웃집과 같은 곳이다. 중국 땅 곳곳에 족적을 남겼지만 겨울 계림여행에 온천은 정말 멋진 인센티브라는 느낌이 든다. 나도 이번 여행은 즐기고 간다라는 마음이었기에 일행들과 부담 없이 어울릴 수 있었다.

45도가 넘는 직수 온천수가 장난이 아니다. 여기저기 탕을 찾아 돌아다니다 각자들 한 탕씩 차지하고서야 온천에 여념이 없다. 여행은 모두를 미치게 하거나 아이로 만들거나 둘 중의 하나다. 조금 티 없이 굴어도 애교로 봐 줄 수 있는 아량이 여행지에서 만큼은 통한다. 이래서 좋은 것인가 보다. 떠남의 이유가.....

다음날 일행은 다시 비포장도로를 4시간 달려서야 계림에 도착할 수 있었다. 낮게 깔린 구름사이로 이강에 배를 띄우고 계림의 제일 산수를 감상하며 강태공이 된 듯 나 역시도 봉족과 가마우지와 물소들의 자유를 만끽했다. 3시간의 비행기를 타고 계림의 봄을 만나러 왔지만 봄은 없고 이강엔 자유로운 이들의 삶의 흔적들만 가득했다.

관암동굴 모노레일을 혼자서 운전하면서 운전에 대한 두려움을 떨치려 얼마나 애썼는지 모른다. 발바닥에 땀이 나는 걸 혹시 일행들은 눈치 챘을까.

딸기에, 달디 단 밀감 맛에 반하고 게다가 삼겹살로 저녁을 먹은 일행들은 포만감으로 맞사지 집으로 갔다. 여행 중에 가장 행복한 시간

산비탈에 조성된 다랭이논

산비탈에 건축된 주택들

은 발 맛사지나 전신 맛사지를 받을 때다. 오늘은 전신 맛사지 날이다. 두 시간의 짧은 휴식이 보약이다. 밤은 새로운 삶을 재충전하는 시간이다. 일행들과 12시가 넘도록 이야기꽃을 피우다 잠이 들었다.

4일째 날 아침은 화창한 우리나라 봄 날씨와 같다. 시성 두보가 노래한 계림 산수가 비로 이런 걸까 싶을 정도로 안개 속에 조용하다. 거제도에는 벌써 매화가 피는 걸 보고 왔지만 우리 보다 봄이 빠른 계림은 아직도 겨울 같다. 케이블카로 요산에 올라 계림의 전경을 한눈에 내려다봤다. 클린턴 전 미국대통령이 계림을 보고 산수는 아름다운데 너무 도시가 산만해 보인다고 하자 대대적인 공사를 통해 도시를 공원화시킨 때문인지 복파산, 상비산, 양삭의 인상유삼저, 세외도원 등 볼거리가 훨씬 다양해진 게 요즘 신계림이다.

오후 비행기를 타고 다시 상해로 떠난다. 봄을 찾아 왔지만 아직 계림엔 봄이 멀다. 한 달 후면 꽃이 피겠지…. 꽃도 삶도 피어 있을 때 아름답다는 어느 영화칼럼니스트의 글을 보며 내 인생의 삶이 꽃피는 날은 언제쯤일까 생각해 본다.

그렇다. 어설픈 사랑 후에 남겨진 내 삶의 그늘은 25년이 지난 후인 지금도 현재 진행형이다. 이제는 그 그늘에서 벗어나고 싶지만 삶은 나를 일속에 가둬두고 날개를 달아 주지 않는다. 거제대학 복지학과 팀들과 새해를 시작하며 떠난 여행길에 내가 느낀 것은 법정스님이 가르쳐 준 삶에 대한 감사와 사랑이다. 미워하기보다는 사랑으로 감싸주고 잃어버린 초심을 회복하는 것이다.

'행복할 때는 행복에 매달리지 마라. 불행할 때는 피하려 하지 말고 받아들이라. 그러면서 자신의 삶을 순간순간 바라보라. 맑은 정신으로 지켜보라.' 그러면 내 자신이 어디쯤 와 있는지 알 수 있을 테니까 말이다. (2013년 봄)

베트남의 하와이 판티엣과 무이네

차(茶)와 술(酒)과 연꽃과 과일의 나라 베트남
까이뭄 타며 바다낚시, 붉은 모래사막에서 스트레스 날리고

신록이 우거져 가는 유월의 베트남은 어디를 가나 연꽃향기로 가득하다. 전설에 의하면 수 천 만 년 전부터 재배되어 왔다는 연꽃의 순결함은 깨끗함을 상징하는 불가의 꽃이자 베트남의 국화이기도 하다. 작은 웅덩이 여기저기 진흙탕 속에 아름다운 자태로 꽃을 피운 연꽃들을 보고 있노라면 내 마음에 작은 평화의 씨앗 하나를 심어 놓은 느낌을 받는다.

문화와 경제성장면에서 우리나라를 많이 닮아 있는 베트남, 새마을운동이 꽃피고, 근면과 성실, 인내심을 가진 국민들이기에 오랜 외세의 식민정치에서 살아남는 법을 배웠음인지 저항심과 민족적 자존심조차도 우리와 많이 닮아 있는 나라.

하루가 다르게 변모해가는 호치민시의 주인공들인 젊은 남녀들의 웃음 속에는 베트남의 낭만과 사랑과 꿈과 활기가 넘친다.

부산에서 아침 비행기를 타고 4시간 30여분을 날아 호치민 공항에 도착하면 점심 때다. 사계절이 전부 여름뿐인 호치민의 유월은 과일의 천국. 거리를 꽉 채운 오토바이의 물결 따라 시가지를 벗어나면 한 집 건너 성당이 보이고 그 성당들을 지나 4시간여 동쪽으로 차를 달리면 베트남의 동해, 남지나해 바닷가에 다다른다. 호치민시에서 198㎞ 떨어진 판티엣과 무이네는 '베트남의 하와이'라고 불릴 만큼 아름답고 해

무이네 해변

베트남 판티엣 요정의 샘

안 경관이 수려한 휴양지다.

마을 주변으로 용과 농장과 천연염전, 우리나라와 같은 젓갈을 만드는 늑맘공장, 컨어물 수산가공 공장 등이 볼거리를 제공한다. 긴 해안선 덕분에 어촌의 풍경도 가지가지, 사진작가들이 딱 좋아하는 분위기가 어둠을 타고 한 몫을 한다. 더구나 남부 베트남 젊은이들의 허니문 코스로 소문나 있는 무이네와 판티엣은 고품격의 리조트 휴양지와 어촌마을이 서로 붙어 있는 다양한 색깔을 지닌 관광지답게 지역축제도 많이 열리고 있다.

오랫동안 사람의 발길이 거의 닿지 않은 윌시립과 화이트 샌트, 레트샌트 사막이 있는 무이네와 전원적인 휴양지가 위치한 판티엣은 무엇보다 싼 가격의 해산물과 열대과일들이 풍부하고 이 지역의 전통적인 대바쿠니 배인 '까이뭄'을 타고 바다낚시를 즐기는 여유를 만끽할 수 있다.

게다가 호주 포트스테판에서나 볼 수 있는 사륜쿠동 사막투어를 무이네에서 직접 할 수 있다는게 신기하기까지 하다. 누가 베트남 어촌마을에 카토 카토 끝없는 사막이 있다고 하면 믿어 줄까? 파아란 하늘과 열사의 사막에서 불어오는 뜨거운 열기, 신발을 벗고 사막에서면 발밑에서부터 올라오는 오감에 몸도 녹아내릴 것만 같다.

오얏나무 밑에서 여름의 더위를 식히는 이 지역사람들의 피서는 이열치열 딱 그대로다.

사막에 다녀와서 호수에 발을 담그고 야차수 한 통에 더위를 날려 버린다. 연꽃과 함께 사막에도 꽃이 피고 풀이 자란다는 것에 생명의 끈이 얼마나 무서운지 알 것 같다.

사람들은 여행을 남들이 많이 가는 곳을 꼭 선택한다. 물론 그곳이

판티엣 사막

판티엣 사막

유명하기 때문이겠지만

성수기를 살짝 벗어나 정말 조용하고 전원적인 시골 아니면 어촌의 휴양지를 찾아가면 나만의 자유와 나를 되돌아 볼 수 있는 좋은 시간과 만날 수 있다.

아직까지 여름휴가철 여행지를 고르지 못했다면 가까운 인도차이나 반도의 베트남을 추천하고 싶다. 연휴를 피해 소개한 무이네와 판티엣 외에 달랏과 나짱, 다낭, 후예, 호이안 등 중부지방과 고산지방도 꼭 한 번 둘러보기를 권유한다.

신발도 신지 않고 까이뭄을 타고 노는 천진난만한 아이들의 웃는 모습에서 베트남의 미래를, 용과 농장의 젊은 농부의 미소에서 베트남의 희망을 보았다. 언제인가 내 마음에도 여유가 생기면 무이네의 해변에서 까이뭄을 타고 있을 나를 만날 수 있을지 모르겠다. (2015년 여름)

일본 북알프스 알펜루트를 훔치다
시라카와코 전통 민속문화 그대로

올 상반기는 일본행 비행기를 타지 못했다. 출발 하루 전 날 일어난 후쿠시마 지진 때문에 손님들도 나도 마음고생이 심했지만 어디 탓해 본 일본 사람들만 하랴. 그 후 6개월이 지난 지금도 우리나라 여행객들은 피해지역과는 상관없는 곳인데도 아직도 일본 여행을 꺼리고 있다.

4년 전 중국 쓰촨성에서 지진이 일어났던 그 날, 나는 손님들과 함께 성토공항에 있었다. 정확히 오후 2시 28분, 소음과 진동으로 나는 공항에 비행기가 추락해 라운지를 밀고 들어오는 줄 알았다. 그러나 잠시 후 강토 7.8의 대지진이 예고 없이 우리에게 찾아왔다. 여친의 두려움 속에서 3일 만에 간신히 인천공항에 도착해 생각해보니 그 날 우리는 지진대피 민방위 훈련을 제대로 받고 왔던 것이다.

여행을 다니다보면 종종 불시에 이런 일을 겪는 게 다반사이다. 그래서 여행을 떠날 때 마다 나는 서랍 안을 정리해 두고 간다. 직원이든 가족이든 무슨 일이 생겼을 때 서류라도 잘 찾고, 볼 수 있게 말이다. 가끔씩은 이상한 생각이 들기도 하지만 만사 불여튼튼이라 했다.

지난 하키휴가 후 오랜만에 일본 열토를 찾게 됐다. 해발 2천 미터가 넘는 종부 산악지대인 니혼알프스 코스. 내가 가본 일본 중 가장 기억에 남는 코스 중의 하나이다. 사계절 마다 독특한 풍광과 철경들이 쉽게 사람들의 마음을 놓아주지 않고 일본 속의 알프스 풍광을 이곳에서는 쉽게 볼 수 있다. 여름이 짧은 이 지역은 동계올림픽이 열렸던 나가노와 토야마 및 기후, 니카타, 이시카와, 카나자와, 후쿠이현과도 인접해 있어 볼거리가 많고 온천이 유명한 일본 최고의 산악관광지로 손꼽히고 있다.

부산에서 나고야까지 비행시간은 약 1시간 20분 남짓. 항구도시인 나고야를 돌아보면서 부산과 거제와 별반 다를 게 없다는 생각을 하면서도 태평양과 마주한 아담한 항구도시가 왜 일본이란 나라에서 중요한 역할을 하고 있는지는 이 도시가 안고 있는 치형 때문이란 것을 나중에야 알게 됐다.

일본 3대 성중의 하나인 나고야성의 천수각을 멀리서 바라보며 오는 날 틀릴 것이라는 카이트의 말을 뒤로하고 기후로 향했다. 청상적인 알펜루트 코스는 모레란다. 오늘은 기후까지 가서 차고 내일은 세계문화유산에 등재된 합창촌과 쿠로베 협곡을 투르크 열차를 타고 오를 예정이라는 것.

차 안에서의 오수는 보약이다. 손님들 모두 일본의 역사와 장군들의 얘기를 들으면서 산악지대에서 흘러 내려오는 계곡과 강물의 깨끗함을 보고 감탄을 금치 못한다. 오곡이 익어가든 들판도, 화산으로 인한 피해를 줄이기 위해 만들어진 아담한 목조건물들

토로코 협괘열차

도 보는 사람들에겐 이국의 풍경이다. 도시의 저녁은 삭막했지만 일행들은 저녁 식사 후 역전을 돌아 여기저기 기웃거리며 일본의 생활상에 흠뻑 빠져들었다.

다음 날 아침, 좁은 2차선 도로를 2시간여 달려 시라가와코에 도착해 갓죠스쿠리란 합장촌을 방문했다. 세계문화유산에 등재된 이 합장촌은 겨울에 많이 내리는 눈을 떨쳐내기 위해 뾰쪽하게 지붕을 만든 초가집 형태의 옛 가옥들이 모여 있는 일종의 민속촌과 같은 곳이다. 하수도가 아니라 자연을 그대로 옮겨와 도랑물을 그대로 상수도와 하수구로 사용하고 있는 합장촌은 말 그대로 자연 그대로의 동네라고 할 수 있다. 물고기가 하수구를 따라 유유히 노닐고 담이 없는 집과 집 사이는 꽃들이 울타리를 대신한다. 지방의 영주들이 권력싸움을 하자 많은 사람들이 난을 피해 이 곳 산골마을까지 찾아와 살기 시작한 것이 합장촌이 생겨난 유래라고는 하지만 깊은 심신산골을 찾아 삶의 터전을 일구고 살았던 옛 선인들의 삶이 얼마나 고단했을까 싶다.

동네 한 바퀴 돌듯 마을을 돌아 전망대에 서니 알펜루트의 산들이 저마다 얼굴을 내민다. 가이드의 말이 우리가 저 산을 오를 것이란다. 전망대에서 바라보는 입산의 모습은 아름답기 그지없다. 점심을 먹고 서둘러 우나쯔끼 역으로 향했다.

일본제일의 온천지라해도 무색할 이곳은 쿠로베 댐을 건설하기 위해 만든 작은 토로코 열차가 관광코스로 바뀌면서 일본 최고의 깊은 협곡을 감상하는 관광지로 탈바꿈 했다. 이곳에서 숙박을 하기 때문에 우리 일행들은 여유로운 마음으로 협곡을 향했다.

일본 최고의 협곡, 다테야마, 여름피서지 최고
다테야마 쿠로베 댐 장관

토로코 열차는 우나쯔끼 역에서 시작해 카네쯔리 역까지 왕복 약 1시간 30여분을 달리는 전차로 20.1킬로미터의 여정에는 41개의 터널과 25개의 다리를 건너야 한다.

특히 쿠로베 협곡은 일본 내에서는 가장 깊은 V자형 협곡으로 다테야마 연봉과 우시로 다테야마 연봉사이에 위치하며 일본 어느 영화에서나 보았던 옛 간이역과 그 역을 지키는 반백의 역장이 관광객을 맞이하는 아름다운 곳이다. 역장이 있는 간이역을 지나면 우시로비키다 라라는 협곡 내에서도 가장 깊은 계곡에 놓인 다리를 지나게 된다.

간간이 스쳐 지나가는 간이역의 조그만 우체통에는 누가 보냈는지 모를 몇 통의 엽서가 시야에 들어와 알알이 박힌다. 나는 역을 뒤로 하고 열차의 꽁무니에 앉아 세월이 주고 간 이 계절의 넉넉함과 아스라

알펜루트 무르도 평원

한 추억과, 그리고 계곡의 햇빛이 던져준 바람 속에 몸을 맡겼다, 얼마쯤 갔을까 종착역이란다, 일행들은 토로코 열차에 내려 만년설이 녹아 흐른다는 계곡에 다다랐다, 손이 시릴 정도로 차가운 물이 나그네의 가슴을 아리게 한다,

협곡을 돌아 나오면서 바라본 강물은 비취빛이었다, 강과 계곡을 끼고 역 앞에 있는 우나즈끼 온천호텔에 일행들은 여장을 풀었다, 일본 내 최고의 온천으로 불리는 쿠로나기온천과 카네쓰리 온천, 메이켄 온천에서 온천수를 끌어와 사용하고 있는 이온천의 호텔들은 모두가 계곡을 바라보며 야외 노천온천탕을 개장, 쿠로베 계곡의 아름다움을 온천수에 몸을 담군 채 감상할 수 있도록 해 놓고 있다,

모두들 유까타를 입고 다타미방에 꿇어 앉아 일본식 저녁(키이세끼)을 먹은 뒤 누쿠랄 것도 없이 노천탕에 들어와 하루의 피로를 푸느라 여념이 없다, "여행은 이래서 좋다"며 떠들고 웃는 우리 일행들을 보고 유럽계 외국인들도 덩달아 웃으며 인사를 건넨다,

일본을 생각할 때 눈은 후지산 꼭대기나 북해도에 가야 볼 수 있겠거니 하지만 사실 중부 산악지대는 우리나라보다 훨씬 많은 눈이 내리는 곳이다. 몇 해 전 동계올림픽이 개최된 토야마를 기억하는 사람이면 알펜루트를 기억하기 쉽다. 눈 덮인 알프스의 영봉과 맞먹는 3천고지 이상의 산들이 둘러싸인 입산은 쿠로베 협곡과 토로코 열차와, 계곡을 따라 흐르는 온천수와 만년설과 세계문화유산에 등재된 합장촌으로 일본에서도 가장 가고 싶은 곳 1위로 꼽히는 유명관광지이다.

더욱이 디테야마 쿠로베 알펜루트는 '토야마' 지방철도의 다테야마 역에서 나카노현 오오키사와까지의 대자연의 여정을 버스와 케이블카, 로프웨이 등을 타고 이동하는 전장 약 86킬로미터의 산악루트로 쿠로베 강 제4 발전소 건설의 공사용 자재수송로로 건설되었으며 1972년에 발전소의 완공과 함께 완전히 개통되었다.

아침부터 알펜루트로 떠나기 위해 만반의 채비를 했다. 장갑, 모자, 썬클라스, 외투까지 입고서야 완전무장은 끝이 났다. 좁은 산길을 굽이굽이 돌아 올라가는 길옆으로 낙차 350미터의 폭포 쇼우묘 폭포가 눈에 들어온다. 봄에는 목련과 진달래와 이름 모를 들꽃들이 만개하던 무로토의 넓은 평원은 어느새 초가을로 접어들어 가고 있었다.

이곳은 여름에도 눈이 녹지 않는 곳이 많다. 보통 4월 20일부터 개장해 11월 20일 경에 문을 닫는 알펜루트는 그래서 시기와 때를 찾아 여행을 할 수 있는 몇 안 되는 곳 중의 하나다. 우리가 올라가는 산은 히다산맥의 일부이다. 타테야마와 쿠로베 협곡, 쿠로댑이 자리 잡고 있는 이 일대는 니혼 알프스라 부르는 일본에서도 가장 높은 산악지대다. 산은 항상 그 곳에 있는데 사람들은 산을 먼 나라의 향수처럼 여기고 살아간다. 휴게소까지 올라가는 버스의 차창 너머로 우리들은 눈 속에 반

쿠로베댐을 연결하는 협곡

짝이는 햇빛과 고산식물의 아름다움에 취해 감탄사만 연발한다. 산 정상에서 바라보는 발아래 풍경은 가히 일품이다. 댐을 걸어서 기차역까지 오는 시간이 무릉도원을 다녀왔나 싶다. 해 저무는 산록의 계곡에는 핏빛 호수가 서서히 어둠을 타고 내려오고 있다. 세월이 가면, 또는 봄이 오면 지척에 있는 알펜루트의 산록이 다시 그리울지 모르겠다.

기차에서 단잠을 자고 버스로 다시 일본 영화 '꿈'의 촬영지인 대왕와시비 농장으로 이동해 물레방아간과 와사비 수경재배 현장을 보고 난 후 우리 일행들은 카나자와로 향했다.

겐로쿠엔 정원과 요시다 겐코의 문학이 살아 숨 쉬는 곳
매헌 윤봉길 의사 암매장지와 순국기념비 소재

알펜루트를 돌다보면 언제나 놓치고 지나가는 코스가 하나 있다. 한국인이면 꼭 한 번은 둘러보고 묵념을 올리고 가야 할 곳인데도 사람들은 관광지만 휑하니 둘러보고 발길을 돌리곤 한다. 아름다운 항구도시 카나자와. 그곳엔 25세 젊은 나이에 독립운동하다 총살형을 당한 윤봉길 의사의 암매장지와 순국기념비가 소재하고 있다.

카나자와는 이시카와현의 현청소재지로 인구 50만의 작은 도시. 2차 세계대전의 전쟁 중에도 피해를 입지 않아 일본의 옛 거리와 풍경을 제대로 볼 수 있는 몇 안 되는 일본의 전원도시로서 우리나라와는 동해를 끼고 있어 관서지방의 풍부한 수산물과 눈 녹은 깨끗한 물에서 서식하는 민물어종들이 많아 일본의 미식가들이 즐겨 찾고 있는 관광지 중의 한 곳이다.

일본에 대해서는 고등학교 시절 가와바다야스나리川端康成의 소설 설국雪國과 요시다 겐코吉田兼好의 수필 쓰레즈레쿠사(徒然草, つれづれぐさ), 미우라 아야꼬의 '빙점'을 읽은 기억이 있지만 일본 문학에 그렇게 심취하지는 않았다.

그 수필집에 카나자와가 나온다. 잔설이 구름 사이로 히끗히끗 보이는 알펜루트 산정을 뒤로하고 얕은 언덕을 따라 올라가면 카나자와시가 내려다보이는 10만평의 넓은 정원이 나타난다. 겐로쿠엔 정원이다. 일본의 3대 정원 중 하나로 소나무와 물길과 누각들이 유명한 곳이다.

한때는 부산에서 뱃길이 열려 4박5일의 일정으로 여행을 오기도 했지만 지금은 그 뱃길이 중단돼 항공으로 나고야나 도야마를 거치지 않으면 오기 힘든 여행지이다.

아름다운 소나무와 창포 꽃으로 유명한 겐로쿠엔 정원의 모습은 직접 눈으로 확인하가 전에는 그 아름다움을 표현할 수가 없다.

정원의 역사를 나무가 말해주듯 겐로쿠엔은 도심 속에 자리 잡은 일본 무사들과 장군들의 절제된 삶의 단면을 볼 수 있는 아주 특별한 장

소이다. 에도시대의 대표적인 임천회유식林泉廻遊式 대정원인 겐로쿠엔
은 우리네 전통정원의 근간을 이루고 있는 산수지간山水之間을 담장 안
으로 들이는 차경借景의 차원이 아니라 겐로쿠엔은 커다란 동산 전체가
정원으로 이루어져 있다.   연못과 수로로 영역을 한정하고, 연못을 팔
때 나온 흙으로 가산을 조성하였으며, 영역을 한정하는 곡수에는 다리
를 놓아 공간의 소통을, 좁은 소로와 계단으로 동선을 다양하게 했고
가꾼 나무와 이끼로 조경의 품격을 한층 더 높인 정원이 겐로쿠엔이다.
　겐로쿠엔을 뒤로 하고 10여분쯤 야산이 있는 시내로 내려가면 작은
묘지들이 모여 있는 공동묘지에 다다른다. 노다야마, 그 곳에 윤봉길
의사를 기념하는 순국기념비와 암매장 당한 묘지가 있는 곳이 나타난
다. 습한, 대낮에도 왠지 모를 오싹함이 전해지는 묘지 주변은 숲에 가
려 보이지 않는 비석들로 더 음산한 기운이 감돈다.

　윤봉길 의사는 식민지 시대인 1932년 4월 29일 천황생일과 상하이
사변의 전승축하 행사가 있는 상하이 홍구공원에서 폭탄을 투척하여
일본군 수뇌부를 살상한 죄로 사형을 선고 받고 그 해 12월 19일 미츠
코 우지야마에서 총살돼 이곳에 암장됐었다.
　매헌 윤봉길 의사가 처형 된지 46년 후인 1992년 12월 19일, 기념
사업 추진위원회가 건립한 순국기념비와 한글로 쓰인 비문이 그나마
의사의 구국정신을 추모하고 있을 뿐 초라한 모습의 유적지를 바라보
는 마음이 그렇게 아플 수가 없다. 기념비에서 조금 들어가면 당시 유
해를 암장했던 장소가 나타난다. 이끼와 흙과 나뭇잎에 덮여있는 의사
의 암매장지는 보는 이로 하여금 안타까움을 자아내게 했다.

　카나자와는 그런 곳이다. 일본 고전문학 속에서 인간성 회복을 추구
하는 사람의 마음을 읽어내는 요시다 겐코의 문학적 사상과, 신불이 중

심이었던 중세를 살았음에도 인간을 중심으로 써내려간 '도연초'의 내용은 현세를 살아가는 사람들에게 생각할 그 무엇을 제시해 주고 있다.

그리고 알펜루트를 끼고 있는 도시의 풍경과 정원의 돌멩이 하나에서도, 윤봉길 의사의 유적지 한 귀퉁이에서도, 언제나 역사의 단면은 과거와 현재를 뛰어 넘어 우리에게 다가선다. 정원으로 올라가는 우동집에서 그 날 먹었던 은어요리가, 무료로 선물 받은 전통거리의 도자기 몇 점과, 몸을 녹여주는 한 그릇의 깔끔한 우동 맛이 이 늦가을 서늘한 바람과 함께 슬픈 그리움으로 다가온다. (2017년 여름)

'하늘과 바람과 별'의 시인 윤동주

중국 용정시 명동촌 생가, 詩碑 동산으로 새롭게 단장 눈길

윤동주, 죄수번호 645번. 내가 만난 별의 시인. 1917년 12월 30일 북간도 용정의 명동촌에서 태어남. 스물일곱 꽃다운 나이에 일본 후쿠오카 형무소에서 생체실험 대상이 되어 해방을 6개월 남겨두고 1945년 2월 16일 숨진 우리 민족의 항일시인이자 민족시인.

지난해 이맘 때 쯤 나는 거제지역 시인들과 함께 연변 청마문학상 시상식을 위해 연길에 갔다. 물론 문학 행사라는 목적이 있어서 간 것이지만 항상 백두산이나 연변에 갈 때는 거제시와 자매결연을 맺고 있는 용정시에 들러 3.13 의사릉과 거룡우호공원, 비암산, 일송정 및 북한 회령시가 내려다보이는 삼합전망대, 명동촌의 윤동주 시인 생가와 인근 묘소를 꼭 둘러보곤 한다.

일 년에 몇 번씩 벌써 십 수 년 째 반복되는 행사이긴 해도 갈 때마다 둘러보는 이곳들은 어쩔 수 없는 나의 문향 같은 곳이어서 그런지 감회가 새롭다.

지난해 마지막 용정시를 방문한 날짜는 9월 26일이었다. 단풍이 곱게 물든 북간도의 하늘은 청명했고 해바라기와 코스모스가 활짝 핀 윤동주 생가 주변은 한창 공사가 진행 중이었다. 물어보니 생가를 용정

복원된 명동소학교

생가에서 바라본 시비공원

시 정부에서 찾아오는 관광객들을 위한 역사방문지로 새롭게 단장한단다.

옆에는 넓은 터에 명동소학교가 복원되어 있고 풀이 웃자란 운동장에는 댕그라니 소학교를 알리는 비석 하나가 나그네의 발길을 붙잡아 세웠더랬다.

그리고 1년이 지난 엊그제 다시 용정에 들러 윤동주 생가에 갔더니 전시관과 육각 정자, 100여 편이 넘는 윤동주 시인의 시가 발아래 보도에는 물론, 가로등에도, 대리석 돌비석에도 한국어로, 중국어로 빼곡하게 새겨져 있었다. 복원된 생가와 시비공원은 어림잡아 500평이 넘을듯했다. 중앙광장엔 윤동주 시인의 초상화와 서시가 조각된 기념비가 세워져 있고 중앙광장을 에돌아 윤동주의 대표시가 여기저기 조각돼 있었다. 우물터와 옛 전시관, 생가는 그대로 두고 담을 쌓은 뒤 입구부터 잘 조각한 대리석으로 모양새를 꾸몄다.

예전에는 코스모스가 한들거리던 초입에도 시멘트로 포장이 되어 차들이 곧바로 광장으로 들어오게 했다. 깨끗해서 좋긴 하지만 어쩐지 정겹던 옛 모습이 떠오르지 않아 시 관계자에게 주변에 다시 코스모스나 국화꽃을 심으면 좋겠다고 했다.

전시관도 잘 단장돼 있어서 우리나라 관광객들이 북간도를 방문하면 대성중학교와 함께 이제 필수코스로 생가를 방문할 정도로 윤동주 시인의 생가는 꽤 알려져 있다. 그런데 사실 1990년도 말이나 2000년도만 해도 이곳을 아는 사람은 별로 없었다.

세월이 흐르고 2010년 거제의 동랑청마기념사업회가 연변에다 청마 유치환 문학상을 제정하고 시상을 하면서 관계자들과 한국의 많은

시인들이 이곳을 방문하는 계기가 되고 그렇게 알려지게 된 생가는 옛 명동교회와 명동소학교가 있던 곳까지 관광지로 개발해 눈길을 끌고 있다. 특히 이곳은 고 문익환 목사와 장준하 선생, 송몽규 선생이 윤동주 시인과 함께 공부한 곳이어서 연변의 역사 자료적 가치도 높은 곳이다.

윤동주 시인의 생가는 1900년 경 조부 윤하현이 지은 남향의 기와집으로 서쪽에 자리한 동향의 사랑채와 나란히 남아있다.

주변에는 외숙인 김약연이 세운 명동교회(옛 전시관)와 자화상에 나온 우물, 명동학교 유적들이 있으며 용정시 야산 뒤편에는 윤동주 시인의 묘소가 송몽규 선생의 묘소와 함께 나란히 명동촌을 내려다보고 있다.

최근 들어 중국이 연변 조선족 자치주에도 동북공정 일환으로 일련의 역사와 문화적인 일들을 재제하고는 있지만 지난해 연변조선족 자치주성립 60주년을 맞아 윤동주 시인의 생가와 연변 박물관 등에 많은

현재의 생가 입구

돈을 들여 우리 민족의 이주사와 항일독립운동사, 옛 조선의 역사들을 복원 전시해 놓고 있다. 쉽게 이해가 가지 않는 부분도 있겠으나 그래도 한국이 아닌 연변에서 우리나라의 역사를 재조명해 본다는 것은 기쁜 일이 아닐 수 없었다.

또한 박경리 선생의 소설 '토지'에 나오는 함경북도 회령시가 보이는 삼합진 전망대에도 예전에 국제로타리 3590지구 임원 회장단들이 세워준 정자를 헐고 새롭게 전망대를 만들고 있었다. 3층의 육각 전망대는 규모도 대단했고 주변에 기념품점, 화장실 등도 조성해 이곳이 완성되면 도문에 버금가는 새로운 두만강변 조망 관광지로 부상할 듯 싶다.

여기에 한 가지 더 이색적인 것이 있다. 이번에 도문의 두만강변에 가 보았더니 거제출신 이시우씨가 작곡한 '눈물 젖은 두만강' 노래비가 강변 대리석에 전문으로 새겨져 있고 중국으로도 번역돼 있었다.

2000년대 초 거제문화원에서 용정시 개산툰진에 '눈물 젖은 두만강' 노래비를 세우려 했던 적이 있어 찾아갔던 개산툰의 두만강변은 조그마한 시골 마을이었다.

어쩌면 도문에 새겨놓은 '눈물 젖은 두만강' 노래비도 연변의 조선족 사람들에게는 사랑이고 그리움이며 향수이자 모국을 향한 카타르시스인지 모른다. 뱃길을 따라 강변을 둘러보던 내 가슴에 두만강은 푸른 물이 아닌, 우리 민족의 역사 그 자체였고, 현재이고 미래인 것이다.

이번 연변행은 청마문학상 관련 현지 조사차였지만 1년 새 많이 변모된 연변의 여기저기를 보면서 조선족 못지않게 우리나라 사람들의 역사 재인식, 청소년들의 제대로 된 역사공부가 필요함을 실감했다. 나날이 변해가는 연변의 모습을 보며 과거 우리의 삶의 궤적을 찾아본다는 것은 쉽지 않을 터,

그날 윤동주 시인의 생가에서 만난 광주시 어느 학교에서 왔던 청소년들의 모습이 눈에 선하다. 멀리 이억만리 북간도에까지 와서 항일 독립운동 전적지를 둘러보며 역사 바로알기운동에 참가한 그들의 큰 뜻을, 그리고 시비동산에서 윤동주의 '자화상'을 '쉽게 씌어진 시'를 '서시'를 낭송하는 초롱초롱한 눈망울을 보았기 때문이다. (2012년 1월)

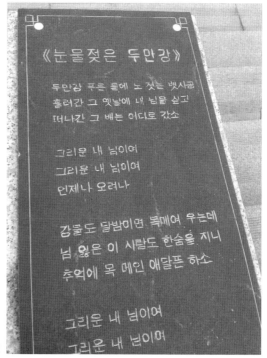

두만강의 노래비

중국 귀주성 귀양, 황과수 폭포, 만봉림 일원

서유기의 영화 촬영지인 동양 최대 황과수 폭포 절경

상해에서 중국 귀주성의 성도 귀양까지 가는 비행시간은 2시간 50분 정도. 부산에서 상해까지 비행거리를 합치면 4시간 20분이 소요되는 중국의 서쪽 운남성과 광서성 광서장족 자치구, 호남성 사이에 위치한 곳이 이번 여행지인 귀주성.

지형이 험준하고 사람들의 왕래가 적어 아직 한국 관광객들에게는 잘 알려지지 않은 미완의 땅으로 산과 물이 조화를 이루며 높은 산맥과 깊은 계곡이 동유럽 발칸의 산세를 연상시키는 아름다운 지역이다. 특히 주변 환경들이 전통 중국 양식과는 다른 또 다른 문화를 갖고 있는 이곳은 운남성과 함께 소수민족들이 가장 많이 살고 있는 곳으로도 유명하다.

전 세계 총 18곳의 인류 문화 보호구역 중 하나로 귀주성 내에서도 검동남 지역은 중국 내 가장 보존가치가 있는 소수민족 거주지역이며 현재 49개 민족들이 생활하고 있다.

귀주성은 귀양, 안순, 홍의, 필절, 육빈, 동인, 검서남, 검남, 검동남 등 주요 지역으로 나뉘며 그 지역마다 독특한 문화와 전통이 살아 숨 쉬는 신비로운 곳이다.

우리나라에 알려지기 시작한 것은 4-5년 전, 동양최대의 폭포인 황

과수 폭포와 홍의시의 만봉림이 TV에 소개되면서부터다.

우리 일행들이 이곳을 가게 된 계절은 지난 4월 초순, 아쉽게도 유채꽃이 진 뒤여서 노오란유채꽃의 향연은 볼 수 없었지만 카르스트 지형의 깊은 협곡과 만봉림, 마령하 대협곡, 천성곡, 황과수 폭포, 두파당 폭포 등은 신비로움 그 자체였다. 특히 시내에 있던 갑수루는 귀주성의 역사를 말해 주는 듯 귀양의 찬란한 전통문화를 그대로 보여주고, 안순시에 소재한 천성동과 천성교, 황과수 폭포는 용궁과 더불어 카르스트 지형의 진수를 보여주었다.

상해에서 하룻밤을 묵고 아침 첫 비행기로 귀양으로 향했다. 비행기에서 내려다보이는 산들이 모두 계림의 산봉우리를 닮았다. 산 좋고 물좋다는 고장이 바로 이곳인가 싶게 호수며 계곡이 눈 아래 사방으로 펼쳐졌다.

귀주성의 성도인 귀양은 내가 생각한 도시 상상 이상의 큰 도시였다. 장가계와 계림 사이에 있는 귀양은 유명 관광지가 많기로 소문이 났지만 한국 여행객들이 쉽게 올 수 있는 곳이 아니다보니 모든 풍경이 낯설다.

시내에서 현지식으로 점심을 먹고 이동한 곳이 천룡툰보 마을. 이곳에서 소수민족마을과 지극을 보고 홍의로 다시 이동했다. 저녁식사는 양 한 마리를 통째로 구워 낸 양고기 바비큐. 남자들은 맛있게 먹었지만 여자들은 양 특유의 노랑내에 고기가 질겨 제대로 먹지를 못했다.

내가 가져간 김치로 저녁을 떼우고 일행들은 내일 만봉림과 대순봉, 마령하 대협곡 등을 관광하기로 했다.

만봉림 유채꽃밭 환상의 조합, 꽃피는 2월, 3월이 여행 적기

다음날 일행들은 만봉림으로 향했다. 원래 귀양 황과수 폭포 상품이 나온 연유도 만봉림 때문이었다. 사진작가들의 사진 속에 만봉림은 유채꽃과 더불어 최고의 관광지로 알려졌던 곳이다. 일행은 전동카를 타고 산 중턱에서 만봉림을 아래로 내려다보며 팔괘전과 주변 경치를 둘러보았다. 만봉림의 아름다운 풍경에 모두들 홀릭이다.

2월 3월이 여행적기인 이곳의 풍경이 유채꽃이 진 바람에 사진 속의 풍경은 볼 수 없었지만 일행은 현재의 풍경에도 만족한다고 했다. 전동카에 내려 소수민족들이 사는 마을까지 구경하며 마령하 대협곡으로 향했다.

죽림에 둘러싸인 마령하 대협곡은 우리가 지나왔던 고속도로 밑 절벽 협곡 풍경이었다. 마령하는 오몽산 계열인 백과령에서부터 시작하여 상류는 청수하, 중류는 양안에 마별대채와 마령채가 있어 마령하라고 불리운단다. 협곡의 평균 폭과 깊이는 200미터에서 400미터 정도

이고 제일 깊은 곳은 500미터 정도이다. 모두들 엘리베이터를 타고 절벽 밑으로 내려갔다. 그곳에는 한 참 사람이 다닐 수 있는 길을 만들고 있었고 일행은 폭포 뒤쪽을 돌아 협곡의 아름다운 풍경을 구경했다. 멀리 협곡을 가르는 다리위로 사람들이 건너가고 있었다. 우리도 저기 한번 가봤으면 하다가 포기했다. 가는 길이 너무 험했기 때문이었다.

배를 타고 만봉호를 유람하며 배안에서 점심을 먹고 다시 일행들은 황룡폭포를 보고 황과수로 향했다. 가는 길에 만난 북만강 대협곡과 중국의 천하제일교인 빠링허 대교를 주변 카르스트 지형의 협곡과 함께 감상했다.

중국이란 대국이 곤명에서 귀양까지 고속도로를 건설하면서 산과 산, 협곡과 협곡을 연결한 모습은 말 그대로 불가능을 가능케 한 대 공사로 보였다.

내가 태어나 처음으로 이렇게 높은 다리를 건너기도 처음이거니와 협곡과 협곡을 연결한 다리가 이렇게 긴 것도 처음 보았다. 중국 대륙의 새로운 성장가도를 볼 수 있는 공사현장이 바로 이런 곳이라면 이해가 될까.

이른 저녁 일행은 시내 인근에 위치한 리조트처럼 예쁜 호텔에 여장을 풀었다. 호숫가를 끼고 새롭게 단장한 툰보호텔은 중국 정부에서 야심차게 준비하고 있는 휴식개념의 신주거공간으로 내부며 시설들이 한국과 별반 다를 바 없었다.

그날 밤 한국 관광객이래야 우리 밖에 없는 이 리조트에서 한국 노래가 담을 넘었다. 술 한 잔에 모두들 만리타향의 향수와 그리움을 잠시 잠깐 느꼈기 때문일까.

다음 날 일행들은 영화 서유기에 나오는 삼장법사와, 손오공, 저팔계의 모습이 조각으로 새겨져 있는 두파당 폭포 앞에 섰다. 술 때문인지 따끈한 홍차 한 잔으로 속을 덥힌 일행들의 모습이 예사롭지가 않다. 술이 덜 깬 일행들의 눈빛이 힘들게 인도 서역으로 불경을 가지러 떠나는 법사의 일행 같은 착각을 갖게 한다.

황과수 폭포는 언제가누…

걷는 것이 힘이 드시는지 회장님이 주저앉으며 묻는다. 계곡을 한 참 내려가야 볼 수 있는 폭포여서 나도 걸어가는 게 힘이 드는데 회장님은 오죽하랴 싶다.

손오공의 영화에서 볼 수 있었던 폭포 안쪽의 수련동은 높이 77,8미터, 폭 101미터인 동양 최대의 이 폭포 뒤에 있다. 조금만요, 조금만요 하다가 수련동도 함께 다 돌았다. 그래도 올라가는 길이 에스컬레이터여서 안심이긴 했지만 황과수 폭포의 장엄한 물줄기는 일행들 모두에게 큰 감명을 주었다.

황과수 폭포 전경

언제 다시 이런 곳을 볼 수 있겠냐는 것이 모두의 생각 같았다. 일행은 카르스트 지형의 진수인 천성교 풍경구를 돌아보며 커다란 돌기둥과 자연이 빚은 다리, 돌로 된 만리장성들을 구경했다. 천성교 풍경구는 원래 자연분재구, 천선동, 수상석림 세 명소가 하나로 연결되어 있는 코스로 내려오는 길에 만난 은목걸이 폭포는 작은 그림 속의 풍경 하나를 보는 듯했고, 주변 부이족, 묘족 등 소수민족들의 삶의 현장도 많은 볼거리를 제공했다.

저녁 식사 시간에 우리는 중국의 국주인 모태주를 사서 간바이를 하고 가이드의 권유로 일행들 모두 술 한 병씩을 샀다. 왜냐면 시진핑 주석 취임 이 후로 비싼 모태주가 아닌 와인으로 건배주가 바뀌면서 이 지역 술 공장이 사양길로 접어들었다고 했다. 우리 같은 관광객이라도 술 한 병 사 주는 게 좋을 거라 싶어 기꺼이 한 병씩을 사서 가방에 챙겼다.

술기운에 귀양의 밤이 갑수루의 화려한 불빛과 함께 깊어 갔다.

이번에 우리가 찾은 귀주성 일원은 운남성 곤명과 더불어 계절적으로 봄에 여행하는 것이 가장 좋다. 그러나 한국식당이 하나밖에 없고 숙소가 계림이나 장가계 처럼 한국 관광객들을 상대할 수준에는 크게 미치지 못해 먹는 것, 자는 것에 대한 고생은 감수해야 한다.

귀주성 여행은 현재 부산에서 중국 광주까지 국제선이 운항하고 있어 광주에서 귀양까지 비행기를 이용 하던가 아님 기존의 부산 상해를 경유, 귀양으로 가는 국내선을 이용하면 좀 더 편한 여행을 할 수 있고 곤명에서 버스로 이동해도 별 문제는 없지만 장거리 버스투어는 나이 드신 분들에게는 권장할만한 상품은 아니라는 것을 미리 밝혀둔다.

공항으로 가는 길에 가이드를 통해 들은 귀주성 소수민족들의 전설은 다시 한 번 이곳을 오게 하는 호기심을 자아냈다. 배낭여행이 아니어서 골골 깊은 곳까지는 갈수 없었어도 중국의 옛 모습을 돌아보는 코스로는 정말 괜찮은 일정이었다. 특히 귀주성은 험준한 산세 때문에 운남성과 더불어 차의 산지로 유명하며 특산은 고추가 많이 생산된다.

마오족, 부이족, 꺼라우족 등 소수민족들이 모여 사는 산채는 배낭여행객들에게는 매력만점의 여행지이다.

여행의 첫걸음이 쉬우면 언젠가 또 올 수도 있을 터, 비행기 안에서 3박 4일의 기록을 정리하며 때가 덜 묻은 이 땅의 신비함에 푹 빠져들었다.

상해에서 다시 하룻밤을 묵고 한국으로 돌아갈 일행들이기에 이 밤 비행기 안에서의 쪽잠은 꿀맛이다. 몇 년 후면 이 곳에도 많은 한국의 여행객들이 찾아 올 것이다. 아직은 덜 익은 풋과일 같은 이곳이 달콤한 오디열매 향기처럼 싱그러운 건, 어쩜 내 안의 그리움의 세포들이 조용히 살아 숨 쉬고 있다는 증거일 것이다. (2018년 봄)

청마, 길 위에 서다

북만 문학기행집 · 이금숙

04
—

그
리
고
,
,
,

연변 그리고 '광야에 와서'

　얼마 전 중국 연변 땅 연길시에서 제1회 연변 청마문학상 시상식이 있었다. 청마가 북만주로 간지 70년 만에, 당시 절망을 노래하며 썼던 시 '광야에 와서'가 어느 소녀의 낭낭한 음성으로 연변의 많은 사람들에게 메아리 되어 되돌아오기까지 청마는 그곳 사람들에게 까마득한 기억의 저편에 잠들어 있었다.

　지난해 5월 청마기념사업회가 제1회 청마북만주 문학기행을 계획할 때도 올 해 이곳 연변에서 청마문학상 시상식을 하리란 예상은 하지 못했다. 거제에서 청마문학제를 시작한지 겨우 3년째 되는 해에 먼 이국 땅 중국에까지 청마를 알린다는 게 쉬운 일이 아니었기 때문이었다.

　그러나 문학기행을 기획하고 추진하는 과정에서 우리는 중국의 동포 시인들을 만났고 그들 면면에서 청마의 시를 기억하는 시인들이 있음을 확인했다.

　연변과 하얼빈의 동포 시인들이 한국의 많은 시인들 가운데 유독 청마를 기억할 수 있었던 것은 청마가 북만주에서 시작활동을 했던 시인이어서였다. 청마는 그렇게 연변 시인들에게, 연변 학생들에게 알려졌고 청마의 시 '수'가 친일시가 아님을 조목조목 따져서 발표도 했다.

　지난해 10월 제3회 청마문학제 기간에 한국을 방문한 연변시가학회 김영건 회장과 최용관 고문의 청마에 대한 애정은 다녀 간지 9개월 만인 지난 7월 7일 연길시 백산호텔 신라월드대연회장에서 제1회 연변 청마문학상 시상식과 청마 시 낭송대회라는 모습으로 되살아났다.

5명의 청마문학상 수상자들의 작품도 작품이지만, 21명의 청마의 시를 낭송한 학생들과 시민, 아나운서들의 낭송 실력은 한국의 청마 시 낭송자들을 능가하는 수준급이어서 더욱 놀라게 했다.

하얼빈 연수현에서 6년간 생명의 시혼을 노래한 청마의 시는 이번 문학상 시상식과 시낭송대회를 통해 동북 3성의 전 문화매체에 알려졌다. 청마의 '광야에 와서' '행복' '바위' '너에게' '춘신' '행복은 이렇게 오더이다' '깃발' '나무의 노래' '바닷가에서' '저녁놀' '바람에게' '생명의 서' 등 주옥같은 12편의 시는 앞으로 연변시민들과 학생들에게 널리 암송되는 시가 될 것이다.

현재 연변에는 지용문학상, 윤동주 문학상, 심현수 문학상이 제정 시상되고 있다. 연변시가학회는 청마문학상이 연변의 으뜸가는 문학상이 되도록 최선을 다하겠노라 했고, 유족들도 행사후원을 계속하겠노라 했다.

아마도 내년에는 하얼빈에서 제2회 연변 청마문학상 시상식을 할지 모르겠다. 제2회 청마북만주 문학기행을 다녀 온 동청 임원들과 유족 대표단은 이렇게 청마의 시혼을 연변에 알리도록 한국에서 도와준 삼족오 통신과 대구의 서지월 시인에게도 고마움의 인사를 잊지 않았다.

올 해 9월 23일 24일 양일간 제4회 청마문학제가 거제 둔덕골에서 열린다. 거제에서 한국문단의 거목인 청마를 알리는 이 문학제에 연변 시인들의 관심이 지대하다. 뒤늦게 왜 연변의 시인들이 청마에 관심을 갖는지는 나중에 안 일이지만 그의 '힘 있고 깊이 있는 남성적인 시어 때문'이라고 했다. 청마의 삶과 문학적 철학이 연변 시인들에게 많은 감동을 주었다고 했다.

지난해에 이어 올 해 시상식에서 만난 연변 시인들의 녹녹치 않은 내공에 놀라기도 했지만 나름 최고의 문학행사로 진행하고자 하는 시가

학회 시인들의 마음 씀씀이가 더욱 고맙고 감사했다. 일각에서는 동북 3성의 연변 시인들에게 너무 많은 문학상이 난립하지 않겠느냐 우려도 했지만 중국에서 거제를 알리고 청마를 알리는 행사로 이보다 더 큰 홍보는 없으리라 본다.

돌아오는 길에 거제에서 시낭송대회를 열자는 이야기도 있었지만 청마 시낭송대회를 추진해 볼지는 심사숙고해야 할 문제이다. 그리고 이에 따른 예산문제도 고민해야 될 것이다. 연변에서 추진하는 문학상 시상식이 더 나은, 더 수준 높은 문학상이 될 수 있게 그들에게도 숙제를 남겨놓고 왔다.

청마는 우리 거제가 우려먹을 수 있는 최대의 문학적 유산이자 관광자원이다. 청마의 시 '광야에 와서'가 북만주 동북 평원의 절대적 현실을 그렸다면 '거제도 둔덕골'은 거제의 고향을 향해 쓴 시이다.

유족들의 후원으로 연변 청마문학상이 걸음마를 시작 했지만 앞으로 남은 많은 문제들을 풀어내기 위해서는 거제시와 시민들과 문화예술인들의 마음이 모아져야 한다. 우리가 연길의 하늘을 기억하며 청마의 시혼을 알렸던 그 감동처럼 가슴으로 느껴보는 순수의 마음을 함께 느낄 수 있도록 ... (2011년 7월)

참사 한 달 남겨진 몫

한국의 현대 저항시인으로 알려진 '오적'의 김지하 시인은 세월호 참사의 아픔을 보면서 "이 땅에 아직도 '오적'이 남아 있다"고 비판했다.

오적은 김지하 시인이 29세 청년이던 1970년 5월 '사상계'란 잡지를 통해 발표한 시로 조선말기 을사조약 체결에 앞장섰던 을사오적에 빗대 당시 권력층 다섯 부류의 부패와 부조리를 비판한 300여행의 긴 담시譚詩이다.

김시인은 자신의 시에서 오적을 재벌, 고급 공무원, 국회의원, 군 장성, 장차관을 꼽았다. 이번 세월호 참사를 보면서 우리는 유병언이라는 재벌이단교주의 횡포와, 윗선의 눈치만보는 고급 공무원들의 무능함과, 당파 싸움에 급급한 국회의원들, 안전 불감증에다 항상 뒷북만 치는 군경찰, 승객보다 먼저 탈출한 세월호 선원들의 행동 모두가 김지하 시인에 나오는 오적들의 행위가 아니고 무엇이랴.

요즘 한국을 바라보는 외국인들의 시선은 곱지 않다. '잘 산다고 콧대 세우더니 꼴좋다'는 식이다. 우리가 지난 십 수 년 간 선진국 대열에 올라서면서 국민들의 배불리는 일은 해결해 왔을지 몰라도 사람다운 삶을 살아야 할 방법과 도리는 배우지 못했던 것 같다. 정의롭지 못하고 윤리를 내팽개친 이들로 인해 우리는 우리나라 국격에 심한 타격을 입혔고 이 사회를 이끄는 어른들의 무책임이 어린 목숨들을 빼앗아

가게 했다.

세월호 참사 한 달째를 맞으면서 남겨진 우리의 몫이 무엇인가를 곰곰 생각하게 한다. 대통령에게 사과를 요구하는 국회의원들과 정치인들을 보노라면 짜증이 난다. 본인들은 정작 아무것도 한 일이 없으면서 책임만 묻고 있다. 6.4 지방선거가 코앞에 다가와 지방자치 단체의 수장과 풀뿌리 민주주의를 지켜갈 대표를 뽑아야 하는데도 후보자 검증도 제대로 못한 채 재탕, 삼탕의 정책들만 앞세운 그들만의 잔치를 우리는 눈뜨고 바라볼 수밖에 없는 현실이 됐다.

형편없이 곤두박질 친 나라경제와 국가의 안전은 뒷전에 두고 떠드는 정치인들은 언제나 자기 생각뿐이다. 그리고 이번 사태를 책임질 정부와 행정은 재벌 교주와 자녀 한명도 잡지 못하고 우왕좌왕이다.

그러나 이제는 슬픔에 젖어 있어서는 안 된다. 아픔을 털고 일어서야 한다. 사회가 우울감에 빠지고, 혼돈의 늪으로 들어가면 더 일어서기가 힘이 든다. 여행업을 하는 나 역시 이번 참사로 어려움을 겪기는 매한가지다. IMF보다, 사스보다, 조류인플루엔자 파동보다, 작금의 현실이 더 어렵고 고통스럽고 힘들다. 무엇이 잘못됐고 어디서부터 문제가 됐는지 제대로 파악해야 한다. 소통의 부재에서 모든 것들이 이 사회를 불통으로 만들고 있다.

이번 참사를 계기로 철밥통 같은 이 땅의 오적들부터 자성하자. 김지하 시인은 모 신문사 인터뷰에서 "사회 지도층은 이제 개인이 아닌 나라에 대한 생각을 앞세워야 된다"고 강조했다. 구조적 모순을 바꾸기 위해서는 "정부 측에 시간을 주고 기다릴 줄도 아는 국민이 돼야 한다"고 피력했다.

사람이 사는 세상은 늘 희노애락喜怒哀樂이 있기 마련이지만 세월호 참사를 바라보는 국민들의 마음은 너무 아프다. 나부터 잘못한 무엇이 있다면 반성하고 고칠 것이다. 오월은 가는데 채 피지도 못한 꽃들의 울림이 먹먹하다. 남겨진 어른들이 해야 할 몫은 이 땅에 오적이 없는 사회로 만들어 가는 것이 못다 핀 꽃들에 대한 참회고 약속이다.

(2014년 9월)

청마 북만주 문학기행이 주는 의미

다시 계절은 여름으로 치닫는다. 4년 전 청마 선생님의 세 따님을 모시고 하얼빈으로 청마 북만주 문학기행을 떠났던 것이 엊그제 같은데 지난 1일 팔순을 넘긴 두 따님과 세 외손녀, 그리고 사위들, 동청 임원진 등 20명이 3박4일의 일정으로 제3차 청마북만주 문학기행 길에 올랐다.

몸이 불편한 첫째 따님인 인전 여사가 동행하지 못해 아쉬움이 컸지만 따님들 모두 팔순을 넘기신지라 떠나기 전 이번 여행이 아마도 마지막일거라 하시던 말씀이 유독 귓전에 맴돌았다.

살아생전 그렇게 가보고 싶어 했던 북만주 여행길.

4년 전과는 달리 두 따님의 연수현 행은 차분해 보였다. 많은 생각들과 다시는 볼 수 없을 북만의 하늘을 향한 간절함이 모두에게 깊은 인상을 남겼다. 몇 년 전부터 청마의 따님들과 함께하는 일들은 기록으로 남기고 있다. 나이도 나이려니와 희미해져가는 아버지에 대한 그리움과 기억의 편린들을 소중하게 공유하는 것 자체만으로도 청마를 흠모하는 많은 사람들에겐 기쁨이고 즐거운 일이다.

흑룡강성 조선족 작가협회 이홍규 회장, 김수길 전 현장, 최인범 연수현조선족 중학교장의 안내로 다시 둘러본 가신촌의 정미소 흔적과 송화 강변의 아름다운 추억을 되새기며, 따님들은 그 날처럼 외손녀, 사위들에게 유년의 이야기를 실타래처럼 풀어냈다. 그리고 흑룡강성 내 조선족 작가들을 만나며 청마의 딸로서 당당하게 그들과 대화했다.

사실 이번 문학기행에는 조상도 전시장님과 김득수 전의회의장님, 이성보 전회장님, 부산시인협회 전회장인 김강자 시인 등 청마의 일이라면 열일을 제쳐 두고라도 나서는 분들이 대거 동참했다.

2011년과 12년 회장 재임시절 유족들의 도움으로 연길에서 청마문학상 시상식을 두 번이나 개최했으나 지난해는 행사를 진행하지 못했다. 김운항 회장이 취임하고 나서 다시 하얼빈으로 문학기행을 시도 한 데에는 언제 돌아가실지 모르는 따님들과의 소중한 시간을 함께하기 위함이고, 일제치하 5년간을 북만주에서 살았던 청마의 흔적과 조선족문학 관계자들도 만나보기 위해 이번 북만주 문학기행을 추진하게 됐다.

특히 이번 기행에서 김수길 전 연수현장의 안내로 가신촌 정미소 흔적을 확실히 알았고 당시 청마선생님이 관리하셨다는 신립구 도산농장의 위치도 알아냈다.

흑룡강성 조선족 작가협회의 청마에 대한 문학적 업적은 대단히 긍정적이다. 그들이 생각하는 청마는 젊은 시절 북만주에서 글을 쓰며 비통한 현실에 분개하고, 가슴 아파했던 한국의 대시인 인간 유치환을 기억하고자 함이다.

이번 여행길에 함께한 외손녀들과 사위들의 모습에도 청마에 대한 그리움은 현재 진행형이다. 세월이 가면 모든 것은 사라지고 희석된다. 안중근 의사의 기념관이나, 하얼빈 731부대 등은 중국 차원에서 재정립되고, 확장되어 관광 상품이나 민족적 위상을 제고시키는 방법으로 변화되어 가고 있다. 이런 차원에서 중국의 조선족들 사이에 회자되고 있는 청마에 대한 인식제고와 시인의 문학적 가치도 정립되었으면 한다.

현재 동랑청마기념사업회나 청마문학회, 부산시인협회 등은 청마라는 한 사람으로 인해 태동되었기에 청마를 추모하는 문학단체로서 청마를 알리는 대사업에 힘을 보탤 것이다. 얼마 전 둔덕 청마골에는 코스모스 청마꽃들 축제가 열려 성황을 이뤘다. 지전당골 묘소에 누워계신 청마 선생님이 이 모습을 보고 빙그레 웃고 계셨을까? 꽃향기 가득한 둔덕골이, 당신의 문향을 꽃피게 하는 관광지로 발전되어 감에 흐뭇해하고 계실까?

북만주문학기행 팀이 돌아본 안중근 기념관을 포함, 하얼빈 중앙대가, 도리공원, 송화강변, 연수현 가신촌에도 생명과 허무를 노래한 청마의 시혼이 하얼빈을 찾는 많은 관광객, 문학인들에게 풋풋한 향기로 피어나길 바라마지 않는다. 표류하는 것이 어디 사람의 마음뿐이랴. 역사도, 세월도, 시간도 모두가 흐름 속에서 표류하고 정착되어 간다. 사람의 마음은 변하기 쉽지만 문학 속에 나타나는 생명에 대한 열정과 역사관은 변하지 않는다. 친일이 아니라고 분명히 밝혔는데도 아직도 논쟁의 대상이 되고 있는 청마의 시혼이 북만주 하늘아래서 광야의 혼불처럼 되살아나길 기원한다. (2014년 7월)

유월의 포로수용소를 생각하며

하얀 찔레꽃이 유난히 아름다운 계절이다. 찔레꽃을 생각하면 이상하게도 애잔한 마음이 먼저 앞선다. 민초들의 삶을 대변해서도 아니고 지천에 그저 피워 있어 눈에 띄지도 않지만 끈질긴 생명력을 가진 찔레꽃의 의미는 당시 전장을 누비던 군인들에게는 희망이었고, 눈물이었고 그리움의 꽃이었을 것이다.

이 지구상에서 유일한 분단국가로 남아 있는 대한민국. 동족상잔의 비극인 6.25가 휴전으로 정전 된 지 65년이 지난 지금에도 남과 북은 전선을 마주하고 대치 중에 있다. 종전이 아니라 아직도 현재 진행형인 대한민국의 현실은 우리를 슬프게 한다. 젊은이들이 피와 땀으로 지켜내야 하는 조국수호도 수호려니와 북한을 바라보는 우리들의 마음도 늘 긴장의 연속이다.

지금도 연평도 인근에는 북한의 도발 포격이 연일 계속되고 있고 금강산관광과, 개성공단을 비롯한 언제 어찌될지 알 수 없는 북한의 체제도 일상생활의 위협요소로 우리들을 불안하게 하고 있다.

전후 포성이 멎은 거제도에 참담했던 거제도 포로수용소가 20년 전부터 관광지로 변모해 찾아오는 관광객들에게 6.25의 상흔을 일깨워주고 있다.

지난해인가 어느 단체에서 우리나라 초 중 고등학생을 대상으로 6.25에 대해 설문조사를 실시한 결과, 6.25가 정확하게 무슨 뜻인지,

북침인지 남침인지 조차도 모르는 학생이 많았다고 한다.

1등주의 수업에, 무조건 인기과목에만 집중적으로 몰리는 학부모들의 생각이 점점 학생들을 역사는 무시해도 되는 상황으로까지 내몰고 있다.

이 나라의 국민이 되려면 국격에 맞는 기본적인 소양을 갖추도록 어린아이 때부터 학교수업이나 사회적, 기업적 역사 인식을 통하여 인성과 교육을 배우게 해야 하는데 그것을 무시하는 현실이 참으로 안타깝기만 하다.

거제문인협회가 지난 2005년부터 한국전쟁문학회와 동두천 문인협회와 연계해 거제도에서 한국 전쟁문학세미나를 개최하고 있다. 전쟁포로를 초청해 강연도 듣고, 끝나지 않는 전쟁의 아픔을 문학으로 승화시킨 문인들을 초청, 시민들과 함께 하는 토론의 장도 펼쳤다. 그리고 거제도에 남아 있는 수용소 유적들과, 통영시 추봉도와 용초도를 찾아 용공 포로들의 수용소 현장을 둘러보는 시간도 가졌다.

시발은 포로수용소 내에 전쟁문학관을 만들어 보자는 취지로 시작됐지만 이제는 38선이 그어져 있는 최북단도시 동두천을 오가며 매년 행사를 진행하고 있다. 올 해도 거제문인협회는 동두천 문인협회 회원들과 함께 칠월의 여름 해변에서 거제도를 찾아오는 관광객과 시민 학생들을 대상으로 전쟁문학세미나를 개최할 예정이다. 물론 장르를 다양하게 준비하여 음악과 춤과 문인들의 시낭송도 어우러진 세미나가 되도록 할 것이다. 누구도 알아주는 이 없어도 거제문인협회는 변방의 작은 도시 거제에서 전쟁문학 세미나를 통해 전쟁의 무모함과 비극을 상기시키려 애쓰고 있다.

2015년 유월의 포로수용소는 찔레꽃 덤불과 더불어 관광객들의 발길로 총총하다. 언제부터 거기 있었는지도 모르는 역사의 한순간을 오롯이 안고 가는 유적들의 잔해를 보면서, 목숨을 버리고 피 흘려 나라를 구했던 호국영령들을 생각한다.

우리는 그들의 죽음이 있었기에 지금 편안한 삶을 누리고 있는 셈이다. 다시 유월을 맞이하는 이 한 달 동안이라도 모두의 마음이 그들을 잠시라도 떠올리고 기리는 시간이 되기를 소망한다. 아이들 손을 잡고 충혼탑을 찾아 국화꽃 한 송이라도 올려놓고 헌화 분향하는 모습을, 부모들이 먼저 실천하는 의지를 보여줄 때다. (20015년 6월)

왜 윤동주인가

　서정적인 시로 일제강점기에 맞선 윤동주 시인의 이야기를 영화화한 '동주'가 타계 71주기를 맞은 올해 한국 영화계에 돌풍을 일으키고 있다. 영화뿐만이 아니다. 일본과 한국 문화예술계 전반에 윤동주 시인을 주제로 한 출판, 연극, 행사들이 줄을 잇고 있다.

　이미 우리는 중고등학교에서 윤동주를 접했다. 『하늘과 별과 바람과 시』라는 한 권의 시집과 '서시'로 많은 사랑을 받았던 윤동주의 시인의 삶과 문학이 왜 지금 이 시기에 주목을 받고 있는지 궁금해진다.

　지난 2월 개봉한 영화 '동주'는 지금 연변에서도 큰 사랑을 받고 있다. 얼마 전 백두산에 갈 일이 있어 연길에 갔을 때 가이드가 지금 연변에서는 윤동주와 송몽규의 우정과 삶을 그린 영화 '동주'가 뜨고 있다고 했다. 시대적 배경과 출생지가 용정이다보니 그들의 묘지가 있는 용정시 야산에도 생가가 있는 명동촌에도 연변 조선족들의 발길이 이어지고 있다는 것이다.

　시인 윤동주는 스물여덟 청년으로 일본 후쿠오카 형무소에서 생을 마감했다. 광복을 6개월 앞둔 시기다. 암울했던 일제치하를 시로 승화한 삶이 세월이 흐른 지금 시를 잘 접하지 않는 20대들을 통해 '동주' 열풍으로 출판가며 SNS며, 극장가를 휩쓸고 있다.

　그들에게 윤동주는 어떤 존재일까.

윤동주 시집 『하늘과 별과 바람과 시』   윤동주 시집 속표지

　영화를 보고 나온 한 관객은 '자신을 되돌아보게 한 자극제였다'고 했
다. 요즘은 휴대폰으로 SNS로 자신의 감정을 전달하는 경우는 많을지
몰라도 삶을 사는 나 자신을 돌아보게 되는 시간은 극히 드물다. 그래
서인지 영화나 동주의 시를 통해 사람들은 뒤늦게나마 자신의 내면과
생각을 들여다보게 하는 자기 성찰의 시간을 갖게 된 것.

　특히 윤동주에 대한 20대의 관심이 재미나 호기심이 아닌, 현대를
치열하게 살아가는 자신들의 고뇌와 현실이 그 때 윤동주가 살았던 시
대에도 있었음을 공감하고, 그들의 현실과 이상이 시대와 상관없이 윤
동주의 시에도 녹아 흐르기 때문으로 풀이된다.

　엊그제 나는 손님들을 모시고 북간도 땅 용정시 명동촌에 있는 윤동
주 생가에 들렀다. 잔설이 녹아 버드나무 가지에 새움이 돋기 시작하
는 그곳에도 봄이 오고 있었다. 길 하나를 마주한 독립운동가 송몽규
선생의 고택과 명동소학교 옛터에도 들러 동주와 몽규가 뛰어 놀았던
땅을 밟고 기념촬영도 했다.

윤동주 시인의 생가엔 연변정부에서 세운 '중국 애국시인 윤동주의 생가'라고 새긴 돌비석이 있다. 몇 년 전부터 시작된 동북공정의 일환이다. 그 상황은 비암산과 일송정에도 마찬가지다. 나름 생가가 복원돼 시인의 시와 시비들을 관람할 수는 있지만 중국 애국시인이라고 붙어 있는 팻말을 보면 기분이 묘해진다.

영화 동주를 시작으로 일제 강점기를 배경으로 한 문화예술인들의 스크린 부활이 예고되고 서점가에서도 윤동주 시인의 시집과 평전들이 봇물처럼 쏟아지고 있음은 좋은 일이다. 문학을 외면했던, 시를 멀리 했던 젊은 층에서 먼저 동주의 시집을 사기위해 서점으로 발길을 옮기는 현실이 믿기지가 않는다.

타계 71주기를 맞아 시인 윤동주에 대한 관심이 그냥 잠시잠깐의 바람으로 끝나지 않기를 기원한다. 특히 4.13 총선으로 정국이 시끄러운 요즘, 자신의 삶을 되돌아 볼 여유 없는 시대를 사는 사람들에게 한 편의 시가 부끄럽지 않는 '자기 성찰의 언어'로 승화되기를 바라며 치열하게 일제강점기를 보낸 한 청년의 시대적 아픔을 공유할 수 있는 시간이었으면 한다. (2016년 4월)

춘신春信

— 청마 타계 50주년을 기리며

우수도 지났건만 요 며칠 봄을 시샘하는 꽃샘바람이 광풍狂風으로 돌변하여 거리를 휘몰아쳤다. 거제도의 겨울은 설을 지나야 제 맛이 난다. 영등할미의 바람맞이가 갯가에 사는 사람들에게 북풍한설의 느낌을 주기 때문이다.

우리 집 화단에 홍매화와, 수선화들이 제각각 어깨를 추스르며 봉오리를 올리자 바람의 기세도 더 등등해져 윙윙거린다.

엊그제 청마 선생님의 타계 50주년을 기리는 기신제를 유족 문인들과 함께 둔덕 지전당골 유택에서 가졌다. 묘소 앞에는 문인협회 회원들이 심은 매화나무와 청령정 길 양 옆으로 면에서 심은 수선화가 여지없이 얼굴들을 내밀고 있었다.

따스한 봄볕이 그리운 얼굴들에게 웃음을 선사하고 유족들도 모인 기신제의 끝은 늘 청마선생님에 대한 뒷얘기들이 대부분이다.

1940년대 일제 탄압을 피해 멀리 하얼빈 연수현에서 절망의 시대를 보냈던 시절, 선생님이 쓴 시 중에 춘신春信이란 시가 있다.

> 꽃등인양 창 앞에 한 그루 피어오른
>
> 살구꽃 연분홍 그늘 가지 새로
>
> 적은 멧새 하나 찾아와 무심히 놀다 가나니

적막한 겨우내 들녘 끝 어디메서

적은 깃을 얽고 다리 오그리고 지나다가

이 보오얀 봄 길을 따라 문안하여 나왔느뇨

앉았다 떠난 아름다운 그 자리 가지에 여운餘韻남아

뉘도 모를 한 때를 아쉽게도 한들거리나니

꽃가지 그늘에서 그늘로 이어진 끝없이 적은 길이여

　　　　　　　　－ 유치환 시집 『생명의 서』 중에서

혹독하리만치 매서운 북만의 겨울을 이겨내고 피어난 아름다운 꽃과, 나뭇가지 사이로 들락거리며 꿀을 따는 새를 통해, 생명과 봄을 기다리는 간절한 마음을 노래한 이 시처럼, 선생님은 거제 문인들에게 있어 따스한 봄과 같은 존재다.

대구와 부산에서 바쁜 시간 쪼개 참석한 둘째, 셋째 따님들 가족들과, 둔덕면, 거제시청 담당공무원들의 발걸음이 이번 청마 50주년 기신제 의미를 더해 주었다.

무슨 일이든 혼자되는 일은 없다. 추운 겨울을 이겨내고 봄을 맞이하는 이 계절에 선생님의 기신제는 우리들에게는 춘신春信이 되어 주었다. 봄이 오는 길목에서 봄의 전령사처럼 봄 길로 우리를 만나게 하는 뜻이 무엇을 의미하겠는가.

동백테마파크 조성을 위해 한창 공사가 진행 중인 묘소주변을 둘러보면서 몇 년 후 아름다운 공원으로 변해 있을 이곳을 상상해 본다.

어쩌다 기념사업회가 아니고 우리가 붙여준 청마보존사업회 종신 회장(?)이 돼버린 김득수 전의장과 이성보 전 회장 두 어른에게 그간의 고마움을 전하면서 새로 기념사업회의 회장을 맡게 된 옥순선 회장에게도 축하의 메시지를 보낸다. 어렵고 힘든 일을 자처한 옥회장의 용기에 전임 회장으로 감사할 뿐이다.

둔덕 지전당골에 선생님의 유해를 모신지도 벌써 20년이 됐다. 출생지 일로 인근 통영시와 많은 부분에 있어 정리할 일도 있긴 하지만 서울의 청마문학회와 기념사업회와의 자매결연은 거제의 청마가 아닌 한국의 청마, 세계의 청마로 거듭나는 계기가 될 것이다.

거제의 춘신은 언제나 맵고 춥다. 그래도 봄은 올 것이고 지전당골 골골마다에도 수선화와 진달래가 피어나 향기를 뿌리면, 어쩌면 우리가 찾아오듯 멧새 떼들이 찾아와 즐거이 생명의 노래를 불러 주지 않을까? (2017년 3월)